김대건—한국 최초의 순교 사제

서연비람은 조선 시대 왕궁 내, 강론의 자리였던 서연(書筵)에서 강관(講官)이 왕세자에게 가르치던 경전의 요지를 수집하여 기록한 책(비람備覽)을 말합니다. 서연비람 출판사는 민주주의 국가의 주인인 시민들 역시 지속 가능한 과거와 현재, 미래의 이치를 깨우치고 체현해야 한다는 믿음으로 엄선한 도서를 발간합니다.

역사와 문학 비람북스 인물 시리즈

김대건 –한국 최초의 순교 사제

초판 1쇄 2023년 04월 14일
지은이 유홍종
편집주간 김종성
편집장 이상기
펴낸이 윤진성
펴낸곳 서연비람
등록 2016년 6월 29일 제 2016-000147호
주소 서울시 강남구 남부순환로 2909, 201-2호
전자주소 birambooks@daum.net

ⓒ 유홍종 2023, Printed in Korea.

ISBN 979-11-89171-49-0 44810
ISBN 979-11-89171-26-1 (세트)

값 9,800원

역사와 문학

비람북스 인물시리즈

한국 최초의 순교 사제

김대건

유홍종 지음

서연비람

우리 생명은 하느님 안에 숨겨져 있다

〈콜로새3-4〉

차례

머리말

요나의 돛배를 띄워라

이 글을 쓰는 동안 김대건 신부가 〈옥중서신〉에 인용한 성서 한 마디가 머릿속에서 계속 맴돌았다. 「내 허락 없이는 네 머리카락 한 올도 빠질 수 없다.」 그 말은 사실상 「우리 목숨은 하느님 손에 달렸다.」는 강력한 메시지를 교우들에게 다시 강조하기 위해서였다.

그런 가운데 나는 엉뚱하게도 주님이 내 머리를 기껏 달마승으로 만들어 놓고, 새삼스럽게 「허락은 무슨…」 하고 야속한 생각이 들었다. 그렇다고 내가 하느님 앞에서 머리카락 소유권을 주장하는 것은 아니다. 「아! 옛날이여! 지난 시절 다시 올 수 없나? 그날, 아니야, 이제는 잊어야지, 아름다운 사연들 구름 속에 묻으리, 모두 다 꿈이라고…」 그렇게 우리들은 모두 가수 이선희 노랫말처럼 세상에서 겪은 온갖 추억의 스냅들을 꿈에 묻고, 이 세상과 작별의 인사를 해야 한다. 누군가는 하느님 찬스로 백세 장수를 누릴 수도 있겠지만 어차피 인간은 촛불처럼 끝내 심지가 소진되는 날을 앞두고 있다.

그렇다 단 한 사람의 예외도 없이 「나는 반드시 죽는다.」이 엄숙한 명제 앞에서 우리에게 선택의 여지는 없다. 그 명제만이 인간의 운명에 대한 가장 확실한 정답이며 하늘이 정한 대자연의 질서이며, 불멸의 법칙이다. 그러나 죄악의 인간은 하느님의 명예로운 권위의 상징적 존재임에도 불구하고 여전히 에덴의 옹벽에 갇혀있고, 우주 밖 저 광활한 어둠의 자유는 닫혀있다. 그뿐 아니다. 우리는 여전히 바이러스들의 끝없는 공격에 시달리고, 각종 위험한 돌출사건 사고며, 핵전쟁이라는 종말의 위기에도 인류는 속수무책일 뿐이다.

우리는 결국 신이 빚어낸 위대한 존재임에도 불구하고 끝내 내 머리카락 한 올조차 방어할 수 없는 비극적인 운명에 노출되어 있다. 인류의 문명은 이제 AI 영장류가 등장하는 미래 앞에 서 있지만 불과 한 세기 전 한반도에서는 천주교인을 사학죄인 대역죄로 몰아 마구 목을 벤 조선왕조가 있었다. 그 엄혹한 시기에 이미 6년 전, 제3대 조선 교구장으로 임명된 페레올 주교는 조선에 입국조차 못 하고 중국에 머물러 있었다. 마침내 김대건 부제는 페레올 주교를 임지로 보내라는 주님의 미션(명령)을 받게 된다. 그때부터 김대건 신부는 삼엄한 조선의 국경봉쇄를 돌파할 기회를 탐색하던 중, 죽음의 위기가 닥칠 때마다 성령의 구원을 받았다고 고백했다. 「안드레아야! 어서, 일어나 걸어라!」하지만 국경 돌파가 계속 좌절되자, 주님께서는 압록강과 의주길 대신, 뜻밖의 바닷길을 열어 준다. 「한양에 가서 돛배 한 척을 구입하고, 서해횡단을 돌파, 상해로 진입해서 페레올 주교를 조선의 주교좌로 모셔라!」 김대건 신부는 그 뜻을 받들어 먼저 하느님께 목숨을 맡긴다. 「주님의 종이오니, 그대로 이루어지소서.」

1845년 4월 30일 제물포항을 떠난 돛배는 서해횡단을 과감히 돌파, 페레올 주교를 배에 태우고 죽음의 항해와 표류 끝에 마침내 그해 8월 30일 제주도 용수리 포구에 표착하는 기적의 드라마를 완성한다. 너에게 바닷길을 열어주겠다는 주님의 계시를 굳게 믿고, 목숨을 내던진 선장 김대건의 하느님에 대한 사랑과 헌신은 훗날 1845년 6월 4일, 선장 김대건이 상해에 도착한 후, 마카오 신학교 리바 신부에게 보낸 편지가 공개되면서 「요나의 기적」과 함께 김대건의 하느님 사랑이 이 세상에 밝혀지게 된다. 이 책은 한국 최초의 사제이자 순교 성인 김대건 안드레아의 드라마

같은 짧은 일대기다. 나는 독자들이 김대건 신부를 통해
「나는 누구인가?」「나는 하느님을 어떻게 사랑해야 하는
가.」를 깨우칠 수 있는 지혜의 은총을 얻길 바란다.

2023년 2월 15일
유홍종 베르나르도 씀

제1장

등산포 일기

해마다 봄이 되면 서해 연평도 일대는 황금어장으로 바뀐다. 동중국 해안으로부터 조기 떼들이 금빛 비늘을 번뜩거리며 거대한 무리를 지어 소흑산도와 어청도 근해에 머물렀다가, 양력 5월 21일경인 소만 무렵에는 연평도에서 산란기의 절정을 이룬다. 연평어장은 4월부터 두 달여 동안 조선팔도의 어선들이 몰려들고, 중국 산둥의 어선들까지 가세, 닻, 배들로 북새통을 이룬다. 섬에는 파시[1]가 열리고 돈이 돌면서 토굴[2] 술집들은 어부들의 주머니를 노린다고 〈세종실록 지리지〉에서 밝히고 있다. 하지만 경비선이 없는 수군들은 밀려드는 중국 어선들의 불법 어로작업에 손을 놓고 있다.

"어허, 되놈들의 고깃배들을 어쩌면 좋단 말이냐?"

백령도에서 가까운 순위도 등산 포구에 파견된 수군 첨

---

1 파시(波市): 풍어기에 바닷가에 열리는 임시 어시장.
2 토굴(土窟): 생선가게나 거래 상가.

사[3] 정기호는 중국 어선들을 지켜보면서 한숨만 푹푹 내쉴 뿐, 대책이 없다. 수군용 판옥선 한 척만 있어도 되놈들의 배들을 몽땅 밀어낼 수 있으련만… 조정에서는 섬의 포구마다 수군 첨사를 파견해놓고 있지만, 임진란 이후로 전국의 포구에는 한 척의 판옥선도 보급되지 않았다. 중국 어선들은 그 약점을 노리고 조선 해안에 닻배를 대고 조기 떼들을 싹 쓸어 간다.

1846년 5월 12일 헌종 12년이다. 조기잡이 성수기에 순위도 등산 포구에 말끔한 돛배 한 척이 닻을 내리고 있다. 등산진 수군 첨사는 유난히 눈에 뜨이는 배 한 척을 보자 눈빛이 번들거린다. 포구에 정박 된 배는 소금 배가 아니고 어선도 아니다. 깔끔한 품위를 갖추고 있는 그 배는 소나무를 활톱으로 켜고, 자귀로 깎아서 겹겹이 포갠 장인의 솜씨가 엿보인다. 판장의 이음새도 나무쪽을 못으로 쓴 제법 잘 짠 배다. 돛을 지탱하는 구레짝을 주춧돌로 받혀 강력한 허리돛을 세운 것도 태풍에 너끈히 견딜만하다. 아직도 연안에는 중국어선 1백여 척들이 조업을 하고 있는 중이다. 수

---

3 첨사(僉使): 조선왕조 종3품 수군 지휘관.

군 첨사는 중국 어선들이 우리 해역에 마구 들어와서 불법 어획을 하는데도 감시선 한 척 없어 출동을 못 해 울화가 터지는데 한가롭게 정박한 배를 보니 부글부글 끓어오른다. 양반 배들은 저리 한가하게 노닥거리는데 우리는 감시선 한 척도 띄우지 못하다니, 게다가 황해도 감사는 걸핏하면 중국 배들의 조업을 방치한다는 이유로 계속 문책성 경고장을 보내고 있다.

"어흠, 사령! 아무래도 안 되겠다. 저 배의 선주를 찾아가 지금 놀리고 있는 배를 잠시 빌려 달라 청해보아라. 되놈들의 고깃배들을 싹 밀어내고 우리도 시 한 수쯤 읊어야 하지 않겠느냐."

이어서 수군 사령이 고개를 갸웃거리면서 토를 단다.

"그렇긴 하옵니다만, 나리, 지금 저 배는 출항 준비를 서두르는 것 같긴 하오나, 일단 말은 붙여보겠습니다."

"어서 가서 선주에게 배를 잠시 빌려주시든가, 그럴 사정이 못 되면 말린 조기 두름 여유분을 좀 내려놓고 가시든가… 암튼 배 뜨기 전에 수작을 좀 붙여보란 말이다."

이어 상관의 의중을 읽은 수군 사령은 난처해진다.

"하오나, 저 배는 한양의 지체 높은 양반의 배로 알려져서 수군들조차 접근을 꺼리는지라. 괜히 부스럼을 내지 마시고 못 본 체하는 것이 상책인 듯싶습니다…"

　부하 사령의 반복되는 말대꾸에 수군 첨사는 심사가 뒤틀린다. 사실 그렇긴 하다. 조선의 법령에도 국가기관은 양반 소유의 배를 강제로 부역에 동원할 수 없도록 규정해놓고 있다. 관청의 권력과 횡포로부터 양반을 보호해주기 위해 금지해놓은 것이다. 간혹 심약한 양반 중에는 첨사의 기세에 눌려 종종 배를 빌려준 탓에 고약한 버릇을 끊어놓지 못한 탓도 컸지만. 한편 등산 포구에 정박한 양반의 배에 올라가 보면 상황은 사뭇 달라진다. 배의 선주와 선장을 비롯한 선원 8명의 행색을 보거나, 그들이 모시고 있는 양반 어르신의 풍모는 얼핏 봐도 위엄한 선비의 풍모를 지닌 분들이다. 도포와 갓으로 의관을 정제한 남자가 의젓하게 돗자리에 앉아서 수평선에 눈길을 주고 있다.

　그의 앞에는 교자상 놓여있고, 지필묵에 연적도 보이고, 두꺼운 라틴어 미사 경본 한 권이 유난히 눈에 띈다. 그분이 바로 조선인 최초의 천주교 사제 김대건 안드레아 신부다. 배의 선원들은 선주 임성용, 선장 엄수와 함께 밥 짓는 화장을 비롯하여 김성서, 안순명, 박성철 등을 포함, 모두 8명의 사공 겸 선원들이 타고 있다. 그들은 모두 김대건 신부를 따라나선 천주교인들이다. 지난 5월 14일, 한양의 마포나룻터를 출발한 배는 연평도에서 수십여 두름의 조기와 소금 여러 포대를 샀다. 관가의 단속을 피해 소금 배로 위장한 배는 등산 포구에서 조기와 소금을 시장에 내놓았지만 팔리지 않았다. 그들은 곧 조기 두름을 해안에 부리고 소금에 절인 후 말리기 위해 사공 한 사람도 내렸다. 그런 다음, 그 배는 예정된 임무를 수행하기 위해서 등산 포구를 천천히 떠났다. 돛배는 마합과 장연의 해안 이곳저곳을 한참 동안 배회하다가 마침내 중국어선 한 척을 찾아낸다. 김 신부는 멀리 청나라의 상해에서 온 중국 어선과 접선에 성공, 중국 선장에게 면담을 요청하고 유창한 중국어로 협상을 진행했다.

"저희들에게 무엇을 부탁하시려는 것이오?"

중국 선장은 상해에 사는 어부였다. 그는 조선 양반이 중국어로 접근해오자 깊은 호감을 느꼈다.

"상해에 돌아가시면 제가 드린 편지와 물품들을 프랑스 영사관에 전해주십사 부탁을 드리는 것입니다."

김 신부는 상해의 프랑스 영사관 주소를 써서 물품을 전해주고 그들에게 충분한 사례금도 건네주었다. 중국 선장은 아주 만족해서 그 부탁을 기꺼이 받아들였다. 중국 선장은 해마다 조기잡이 철이 되면 연평 근해에 와서 조업한다고 말했다.

"이번 일을 잘해주시고, 다음번에 여기 오실 때는 상해에 계신 두 분의 어르신을 당신 배에 태워다 주시면 어떻겠습니까. 승선료는 충분히 드리겠습니다만…"

"돈만 두둑이 주신다면야 못할 이유가 없지요."

그 말을 들은 김 신부는 그 선장과 귀엣말로 긴밀한 말들을 계속 주고받으며 훗날을 기약해두었다. 김 신부가 중국 선장에게 프랑스 영사관에 전달을 부탁한 것은 라틴어와 프랑스어로 쓴 편지 외에도 자신이 직접 그린 황해도 연안의 섬 위치와 해로 및 주요 지명을 표기한 조선지도 두 장이 포함되어 있었다.

마카오에 있는 그림이 그려진 봉투 석 장, 여덟 쪽 병풍 그림이며 구리로 만든 요강 세 개, 조선에서 순교한 서양 신부님들의 유품이 든 누런 주머니, 이며 스승 리바 신부에게 보내는 조선의 한지 스무 장, 조선 그리빗 세 개, 붓 네 개가 든 꾸러미도 들어있었다.

김대건 신부가 항해 도중 세필로 그린 조선지도는 훗날 1855년 파리 왕립도서관에 입수되어, 프랑스의 「지리학회지」에 발표되었다. 프랑스 생 마르탱4의 「세계지리사전」에는 〈김대건의 조선전도〉 원본이 수록되어 있고, 그 지도는 현재는 파리국립도서관 지도부에 소장된 품목이다. 김 신부는 중국 선장들과 얘기가 잘 되어 만주에서 조선 입국을 애타게 기다리고 있는 매스트르 신부와 최양업 부제를 모셔 올 수 있는 길이 열릴 것을 기대했다. 그들은 그 임무를 성공적으로 수행하고 소청도와 대청도를 거쳐서 등산포로 다시 귀항했다.

등산 포구에 정박한 김대건 신부의 배가 출발 일정보다 다소 지연된 것은 해안가에 널어놓은 조기가 마르지 않았기 때문이었다. 이윽고 김 신부가 출발 준비를 마쳤을 때, 조선 수군들이 배 가까이 다가와 선장을 찾았다. 선주 임성용과 선장 엄수는 배에서 내렸다. 섬의 수군들은 처음에는 꽤 정중하게 예의를 갖추었다.

"우린 해안경비를 하는 수군이오. 저희 수군 첨사 나리께서 놀고 있는 이 배를 잠시 빌려주시면 저어기, 되놈들의 불법 어선들을 싸그리 몰아낸 후에 곧 돌려드리겠다 하십니다."

임성용과 엄수는 그 말을 듣고 어처구니가 없다. 배는 지

---

4 생 마르탱: 프랑스의 성인 수도자.

금 출항 준비를 하는 중인 데다가 양반의 배를 일개 첨사가 사적으로 빌려서 중국 어선들의 소개 작전에 쓰겠다는 무리한 요구를 해 온 것이다.

"그건 안 됩니다. 우린 출항 준비를 서두르고 있소. 게다가 지금 귀한 선비를 모시고 있는 중이오."

수군들은 그들의 말에 별로 개의치 않고 계속 고집을 피웠다. 여러 차례 실랑이가 오갔으나 수군들은 좀처럼 물러날 기색이 없었다. 수군들은 이런 경우를 처음 겪는 것이 아니다. 그들은 지금까지 양반들의 배를 안 빌려준다고 그냥 물러난 적이 한 번도 없었다. 예부터 백성을 대하는 관료들의 횡포는 악명이 높았다. 그들은 상관의 명령이 떨어지면 지위 고하를 막론하고 권력을 압박하여 반드시 일을 성사해왔다. 저들은 더 큰 권력이 위에서 찍어 누르지 않는 한, 한번 시작한 일을 거둬들이는 법이 없다. 임성용과 엄수는 김 신부가 미사를 드릴 때마다 복사를 서는 이재선(토마스) 형제가 당부했던 말이 떠올랐다. 이재선은 김 신부를 보좌하기 위해 서해까지 따라왔다가 박해 시절에 은신처에 숨겨둔 돈을 찾아오겠다고 떠났다. 그가 당부하던 말이 새삼 떠올랐다. '섬의 관리들은 배만 보면 시기심과 권력욕에 사로잡혀서 배를 빌려달라는 일이 잦습니다. 허나 조선의 법도에는 관리가 양반 배를 부역할 수 없게 되어 있습니다. 김 신부님은 한양의 지체 높은 양반으로 소문이 났으니 관리들을 준엄하게 대하십시오.' 역시 양측의 언성이 높아졌다. 수군들도 예의를 벗어던지고 탐욕을 드러냈다. 너희가 모신 선비가 얼마나 높은 분이기에 관가의 말을 거역하느냐고 따졌다. 마침내 임성용이 배에 타고 계신 분이 '중국 선비'라고 했더니 수군들의 기세는 더욱 컸다. 그들 눈에는 대국의 선비가 무슨 대수냐는 식이었다. 중국 선비라고 말하면 기세가 죽을 것으로 여겼던 것이 오히려 혹이 되어 돌아왔다.

"우린 한양의 마포나루 사공들이오. 중국 선비가 서해 조기잡이를 구경하고 싶다기에 돈 4백 냥을 받아, 배를 사서 이곳으로 모신 것인데 뭐가 잘못되기라도 했단 말이오?"

그때부터 수군 관리들은 중국 선비가 어떤 분인지를 수군 첨사에 직접 가서 해명하라고 했다. 실랑이가 오가다가 임성용과 엄수는 끝내 수군 진영을 찾아갔다. 두 사람은 수군 관리들에게 언급한 말 이외에는 한마디도 뻥긋하지 않았다. 그들은 김 신부의 정체가 발각될까 두렵고, 조심스러워서 함부로 말을 섞을 수가 없었다.

"중국 선비라?"

처음에 조선 배로 알았던 수군 첨사는 중국 선비의 배라는 말에 금세 표정이 굳어졌다. 중국 선비라면 조선의 어느 대갓집 양반의 초청을 받고 유람을 나왔는지 그 신분이 궁금하기도 했다. 조선 해역의 출입자들을 검문할 수 있고, 불법 입국자를 색출해야 하는 수군 첨사가 중국 선비를 만나서 사실관계를 밝히는 것은 당연한 일이었다. 첨사 정기호는 임성룡과 엄수를 감영에 가두고, 지휘관들을 불렀다.

프랑스 선교사 샤를르 달레가 쓴 「조선천주교회사」에는 바로 중국 선비의 배를 수색하느냐 마느냐를 논의하는 과정이 나온다.

「무조건 들이치는 겁니다. …만일 중국 선비가 조선의 높은 관리와 연줄이 닿는 분이라면 어리석은 뱃놈들이 몰라봐서 이런 사달이 났다고 납작 엎드려 빌면 그만입니다. 설마 그 일로 우리 수군 서른 명의 목을 치기에 하겠습니까? 여차하면 뱃사공 놈의 모친이 사학죄인[5]이라는 소문을 듣고 수상한 배를 수색하려고 했다고 둘러대도 됩니다.」

---

5 사학죄인(邪學罪人): 사악한 학문을 믿는 천주교인.

마침내 첨사 정기호가 앞장서서 진두지휘를 맡았다. 정기호와 수군 관리들은 기생과 술집 작부 여러 명을 대동하고 즉각 돛배에 기습 공격을 감행했다. 수군들은 배에 오르자 가타부타도 없이 무조건 선원들을 무자비하게 패고, 김대건 신부의 머리를 잡아 쥐고 비틀고 주먹과 발로 마구 가격해서 오랏줄로 결박했다. 김 신부는 입도 떼어보지 못한채, 전격적으로 체포되었다. 수군 첨사 정기호가 김 신부의 배를 급습하던 당시의 상황은 「군졸들이 밤에 술집 작부여럿을 대동하고 우르르 배 위로 올라가 미친 듯이 날뛰었다.」고 묘사하고 있다.

「종3품 직위의 수군 첨사가 공무를 수행하면서 술집 작부들을 대동하고 폭도들처럼 배에 난입하여 무차별 폭행을 한 것을 보면 당시 조선 관리들의 권력남용과 부패의 상황을 잘 보여주는 대목이다. 김대건 신부는 1846년 6월 5일에 그렇게 관가에 구속된 후, 곧바로 옹진군 감영에서 5일 만에 상부 기관인 해주 감영으로 이관되었다.」

해주 감사 이정집은 옹진군수가 보낸 「죄인에 관한 조사보고서」를 읽고 잠시 고개를 갸웃거린다. 중국 선비의 밀입국 사건이라니… 풍어 철에 섬에서 흔히 발생하는 단순한 음주 폭력 사건이 아닌 것이 심상치가 않았다. 「중국 광동성 출신으로 조선에 불법 입국한 죄인 우대건과 그의 동행자인 조선인 선주 임성룡, 마포나루 출신 선장 엄수 세 명과 함께 배에서 수거한 물품들을 압수하여 올려보냅니다.」

우대건이란 김 신부가 신분을 감추기 위해 본명을 감추고 중국 성을 갖다 붙인 임시 이름이다. 그것으로 김대건 안드레아 신부는 귀국한 지 1년 5개월여 만에 엉뚱한 사건을 빌미로 배를 수색당하면서 중국 선비의 불법 입국이라는 죄목으로 관가에 구속되었다.

그 해 1846년 당시의 조선에는 제3대 천주교 조선 교구장으로 임명된 장 바티스트 페레올 주교가 김대건 신부와 함께 조선에 입국해서 한양의 석정동6에서 은밀히 주교의 업무를 수행하던 중이었다. 페레올 신부는 프랑스 아비뇽 출신으로 파리 외방전교회로부터 조선교구에 파견되어 마카오로 왔지만 조선 부임지로 입국이 어려워 6년 동안이나 몽골에서 입국 기회를 엿보고 있었다. 그 당시 로마교황청

---

6 석정동(石井洞): 지금의 서울 소공동 일대.

은 몽골과 만주를 통합해서 요동 교구를 따로 만들어 파리 외방전교회가 그 지역을 관할하도록 했다. 따라서 페레올 주교는 몽골의 마을 시완쯔에 머무르면서 조선 입국의 기회를 엿보고 있었다. 김대건 신부가 서해에 정박하고 있었던 것도 중국 요동에 머물러 있던 매스트르 신부와 최양업 부제를 바닷길로 조선에 입국시키기 위한 사전 준비 작업이었다.

추억의 그림자

해주 감영에 갇힌 몸이 된 첫날 밤, 김대건 신부는 옥방 벽에 기대어 눈을 지그시 감는다. 그는 등산 포구에서 체포된 후에 옹진 감영을 거쳐서 해주까지 오는 닷새 동안에 몸은 지칠 대로 지쳐 있었다. 김 신부는 곧이어 깊은 묵상과 기도에 들어갔다. 그는 순위도에서 조선 관리들에게 체포되면서 그가 할 일은 기도밖에 없었다.

김대건은 옹진군의 상부 기관인 해주 감영으로 이송이 확정되자, 이미 석방이 어려운 함정에 빠졌다는 것을 직감했다. 그렇다. 그가 그날 체포된 것은 단지 수군 첨사에게 돛배를 빌려주지 않았기 때문이 아니었다. 우리는 사는 동안 때때로 그릇된 판단으로 불행한 운명을 맞게 된 것이라고 믿지만, 우리가 삶의 전 과정을 놓고 분석해보면 대체로 각자의 운명은 태어나기 전에 이미 설계된 대세의 흐름을 타고 가는 경우가 많다. 따라서 우리들의 삶은 내 의지가 선택한 삶이라기보다 누군가에 의해 미리 선택된 운명의 흐름에서 벗어날 수 없다는 것을 깨닫는다. 김 신부 역시 서해에서 매스트르 신부와 최양업 부제가 타고 올 중국 선박을 기다리다가 그 계획이 갑자기 좌절된 것이 못내 아쉬웠지만 그 일도 이제는 자신이 감당해야 할 몫이 아니라는 사실을 재빨리 깨달았다. 그렇다. 하느님께서는 그들의 조선 입국 절차를 바꾸셨다. 그들은 나의 디딤돌이 아니더라도 예정된 운명의 절차를 밟아서 어떻게든 끝내 조선에 들어오고 말 것이다.

그 당시 중국에서 조선에 입국할 수 있는 길은 말을 타거나 걸어서 만주의 출입국 관리소인 국경 변문을 통해 압록강을 건너 의주로 오는 길, 하나밖에 없었다. 따라서 그들의 조선 입국 방식을 배로 바꾼 발상은 김대건 신부의 획기적인 발상이었다. 담헌 홍대용의 「연행록」[1] 책문[2]을 지난 만주 땅은 산이 험악하고 인가가 없으며 맹수들과 도적 떼들이 자주 출몰해서 위험하다. 혹독한 겨울 추위로 길에서 얼어 죽는 사람들도 많았다.」고 씌어있다. 겨울에 북경을 오가는 파견 관리 중에서 만주에서 추위에 얼어 죽는 사람

---

1 연행록(燕行錄): 조선시대에 청나라를 다녀온 학자나 관료들의 여행 기록. 을 보면 「한양에서 북경까지는 약 3천 리, 도보로 대략 두 달이 걸린다.
2 책문(柵門): 만주의 구련성과 봉황성 사이에 있는 청나라와 조선의 국경선 출입국 관리소.

들이 꽤 많았다. 국경 출입은 조정에서 파견하는 북경 동지
사들처럼 정식 통행증을 발급받아야 한다. 그 외의 불법 출
입자들이 적발되면 대죄에 몰려 처형이 된다. 국경관리와
경계는 무척 엄중하다. 조선인이나 중국인의 위장 불법 출
입은 비교적 용이하지만, 서양 선교사들은 외모와 언어 때
문에 신분을 위장해도 금세 탄로가 나서 체포되는 경우가
많았다.

　또 하나는 바닷길이 있었다. 당시는 돛배들이 대부분이
어서 서해의 거센 풍랑을 견딜 수가 없었다. 고려 때 명나
라에 파견한 사신들이 서해 횡단 항로를 개척하기 위해 모
험을 시도했다가 배들을 두 차례나 몽땅 침몰당한 일이 있
었다. 한번은 선단들이 한 달 걸려서 중국의 등주에 도착했
지만, 풍랑으로 배가 아홉 척이나 침몰당해서 가져갔던 공
물을 거의 잃었다는 기록도 남아있다. 그 후부터 서해 뱃길
은 죽음의 항로로 인식되어 조선과 중국으로 오갈 때는 의
주와 만주 변문을 통해서만 왕래가 가능할 수 있었다. 독일
의 상인 오페르트3의 조선 기행문을 보면 조선의 서해는

---

3 오페르트: 남연군(흥선대원군의 아버지) 분묘를 도굴한 독일의 상인이자 「조선
　기행」의 저자.

동북풍이 심하고 풍랑이 거칠며 해안은 갯벌이 길어서 상륙할 수 없다고 써 놓고 있다.

해주 감영은 멀리서 개 짖는 소리가 들리고, 병든 수감자들의 신음과 코 고는 소리만 처량하게 들린다. 김대건 신부는 허기에 깊이 빠져있고, 갈증으로 목이 몹시 탄다. 옥간 안에 식수 웅덩이가 있긴 하지만 마실 엄두를 낼 수 없다. 그 물을 마시면 즉시 역겨워서 토하고 피부병에 걸릴 정도로 극심하게 오염되어 있다. 일단 포청에 들어온 죄인들은 판관이 유무죄를 따지기 전에 이미 옥사 관리자들의 잔혹한 짐승 취급을 당해내야 한다. 옥간은 담벽으로 둘러싸인 울안에 목재로 짠 마루방이 칸칸이 나뉘어 있다. 옥간 바닥에 깔린 멍석은 낡고 더러워서 푹푹 썩은 악취가 풍긴다.

죄인들의 살 썩는 냄새도 지독하기는 마찬가지다. 특히 사학죄인들이 구속되면 무조건 대역죄인들과 똑같이 중죄인으로 취급되어 살인, 방화, 사기범들과 온갖 잡범들과 함께 섞여서 수감생활을 해야 한다. 낮에는 널빤지 벽 틈으로 햇빛이 겨우 기어든다. 그것만도 얼마나 다행인지 모른다. 옥방은 겨울에는 혹독하게 춥고, 여름에는 찜통이다. 추위와 더위를 견디는 것도 일종의 고문에 해당한다.

죄수들에게 음식은 아침과 저녁 딱 두 끼만 준다. 배식이 래야 좁쌀 주먹밥 달랑 한 개씩이다. 병약한 죄수들은 감방 에서 사흘 이상을 버티지 못하고 숨을 거두는 악조건이다. 건장한 남자도 열흘이면 뼈가 튀어나오고 가죽만 남는다. 아사 직전의 죄수들은 멍석을 뜯어먹거나 옥 안에 들끓는 이를 잡아먹기도 한다. 아침에는 흉악한 강도범을 제외하 고 모두 앞뜰로 내보냈다가 저녁이면 옥방 안에 밀어 넣고, 빗장을 지르고 쇠줄로 채운다. 불이라도 나면 죄수들은 옥 방 안에서 타 죽을 수밖에 없다. 옥졸들에게 죄수들은 가축 에 불과하다.

병인년 박해 시절에 투옥되었다가 풀려난 프랑스 선교사 로 제6대 가톨릭 조선 교구장을 지낸 펠릭스 리델 주교는 훗날 조선에서 감옥생활을 한 체험을 프랑스에서 책으로 출간한 적이 있었다. 그중 한 구절만 읽어도 조선의 감옥이 얼마나 지옥의 현장인지 알 수 있다.

「죄수들은 사람이 아니라 움직이는 해골들이다. 살갗이 곪고 썩으니 몰골이 흉악해진다. 고문에 굶주림과 갈증과 해충이 가 장 큰 적이다. 새 죄수가 거치는 입방 절차도 무섭다. 옥졸들의 만행과 구타로 죄수가 감방 안에서 죽으면 시체를 성문 밖으로 은밀히 폐기한다.」

조선교구가 포르투갈이 관할하던 북경교구로부터 독립한 것은 김대건 신부가 11살인 1831년이었다. 당시 포르투갈이 관할하던 북경교구는 조선에 주문모 신부를 파견한 적이 있었지만, 포르투갈은 국력이 점차 쇠약해지면서 북경교구 역시 조선에 사제를 보낼 여력이나 계획이 전혀 없었다. 그 사정을 몰랐던 조선교회의 정하상4은 십여 년 동안 아홉 번에 걸쳐 북경을 찾아가는 동안 계속 북경교구에 신부를 파견해줄 것을 간청하기만 했다. 그러나 북경교구는 아무 응답이 없었다.

마침내 정하상은 주교를 파견해달라는 청원서를 조선 교인들의 연서로 작성하여 교황청에 올렸다. 그 편지는 마카오에서 라틴어로 번역되어 1년 후인 1826년 11월 29일, 교황 레오 12세가 읽게 된다. 그동안 그런 딱한 사정을 전혀 모르고 있었던 교황청은 조선교회를 북경교구에서 빼어내 파리 외방전교회에 소속시켰다. 그러나 당시 파리 외방

---

4 정하상(丁夏祥, 1795년~1839년): 조선 최초의 천주교 평신도회장인 순교자, 먼저 순교한 성도 정약종의 아들.

전교회 랑글로아 신부는 조선의 교회 형편이 얼마나 열악하고 험악한지 잘 알고 있어서 교황청의 사제 파견에 비관적이었다.

"조선을 우리에게 맡겨도 뾰족한 수가 없습니다. 우선 조선에 가겠다고 자원하는 사제가 없고, 조선교구를 지원할 예산도 없는 데다가 잘 아시지만 조선은 국경선 경계가 무척 엄혹해서 불법 입국이 불가능하고, 혹시 밀입국에 성공한다 해도 붙잡히면 목이 날아갑니다."

바로 그 말을 듣고 있던 태국 방콕의 부주교 브뤼기에르 신부는 안타까운 현실을 인정하면서도 큰 분노의 감정을 억누를 수가 없었다. 모두가 침묵을 지키고 있을 때 브뤼기에르 신부가 입을 열었다.

"바로 그 힘들고 어려운 조건을 이유로 외로운 조선교회를 목자 없이 방치하는 것은 주님의 뜻이 아닙니다. 조선에서는 일찍이 사제도 없이 하느님의 교회가 자발적으로 창설된 놀라운 하느님의 의지가 드러난 곳입니다. 지금 하느님의 섭리는 우리에게 바로 조선을 가리키고 계십니다. 우리가 지금 조선의 어린 양들은 돌보지 않는다면 하느님의 종인 저희들은 어떻게 하느님 앞에서 어떤 기도를 할 수가 있단 말입니까. 저는 우리 품 안에 조선교회를 안겨주신 하느님의 뜻을 받들어 제가 조선교회를 위해 기꺼이 목숨을 내어놓겠습니다."

마침내 1831년 교황 그레고리오 16세는 조선을 독립교구로 승인하고, 다음 해에 방콕의 부주교 브뤼기에르 신부를 조선의 제1대 주교로 임명했다. 이어 페낭5 신학교의 교사였던 샤스탕 신부와 이탈리아의 나폴리 신학교를 마치고 사제서품을 받은 청나라인 유방제 신부가 브뤼기에르 주교와 함께 합류하면서 조선교구는 비로소 교황청과 한 가족이 될 수 있었다. 그러나 브뤼기에르 신부는 중국 사천에 머물면서 얻었던 지병과 6년 동안의 긴 투병 생활을 끝내 극복하지 못하고 조선에 입국하지 못한 채, 선종한다. 이어 브뤼기에르 신부 후임 앵베르 신부가 제2대 조선 주교로 임명되어 1837년 12월에 정하상의 안내로 압록강을 건너, 의주 관문을 통과하는 데 성공, 마침내 조선 땅을 밟은 최초의 주교가 된다.

조선교구가 교황청으로부터 북경교회 소속에서 조선교구로 독립한 지, 6년 만에 첫 주교를 맞이한 조선 교우들의

---

5 페낭: 말레이반도 북서쪽의 섬.

기쁨과 감격은 이루 말할 수 없이 컸다. 그간 극심한 박해 중에 숨죽이며 지내던 조선에서 주교의 존재는 교우들에게 큰 위로와 힘이 되었다. 당시 앵베르 주교가 처음 조선에 도착하여 조선 교우들을 만난 후, 프랑스 고향의 가족들에게 쓴 편지에는 그가 조선에 온 소감이 잘 드러난다.

「나는 지금 조선의 사랑하는 교우들과 함께 있습니다. 조선 교우들을 만난 기쁨과 행복은 이곳에 오기 위해 겪어야 했던 온갖 고통을 모두 보상받고도 넘칠 만큼 보람이 컸습니다. 나는 이곳에 도착하기 전에는 이보다 더 큰 기쁨과 열광적인 마음으로 조선 교우들과 새해 인사를 나누리라고는 결코 상상해본 적이 없었습니다.」

조선은 앵베르 주교에게 기대 이상의 기쁨과 보람을 안겨주었다. 앵베르 주교는 조선에 온 후로는 조선의 한복에 보라색 영대6를 차고, 미사를 드렸던 것으로 알려져 있다. 방안에는 쾌자 차림의 조선 남자들과 덧저고리에 조바위를

---

6 영대(靈臺): 천주교회에서 성사를 집행할 때, 사제가 목에 두르는 긴 헝겊 띠.

쓴 부녀자들, 덧옷을 입은 노인들과 함께 마주 앉아서 미사 첨례를 드렸다. 조선 교우들과 함께하는 매일 매일의 일상 생활이 앵베르 주교에게는 더할 나위 없는 기쁨과 행복이었다. 앵베르 주교에게 고해성사를 받은 조선 교우는 첫해에 이미 3백여 명을 넘어섰다. 1836년 5월에는 앵베르 주교보다 먼저 조선에 들어와 있던 모방 신부와 샤스탕 신부가 한양에 합류하면서 세 명의 프랑스 사제는 새해부터 연말까지 무려 1천9백94명에게 성세성사를 주었다. 조선의 교우들은 박해 중에서도 위축되지 않고, 숨어서 신앙생활에 전념했다는 것이 기록으로 잘 보여주고 있다.

모방 신부[7]는 조선 제1대 교구장으로 임명된 브뤼기에르 신부와 함께 만주에서 조선 입국을 계속 시도하던 중, 브뤼기에르 신부가 6년 동안을 투병하다가 세상을 떠난 후, 1836년 1월에 혼자 조선 입국에 성공한다. 그는 삿갓에 상복 차림으로 위장하고 정하상, 조신철의 안내로 얼어붙은 압록강을 건너 의주 변문에서 하수구를 기어서 조선 입국에 성공했다. 모방 신부는 앵베르 주교보다 1년 먼저 입국

---

7 모방 신부: 한국 이름은 나백다록이다.

한 것이다. 피에르 샤스탕8 신부도 마카오에 머물러 있다가 조선 선교를 자청하고, 모방 신부와 비슷한 시기인 1836년 12월에 상복으로 변장하고 입국한 후에 정하상의 집에 숨어 살았다. 그 시기에 정하상은 조선 초기의 천주교 학자 정약종의 아들로 아버지의 뒤를 이어 조선교회의 기둥 역할을 하고 있었다.

당시 앵베르 주교보다 먼저 입국했던 모방 신부는 파리 외방전교회의 목표에 따라 조선인 유학생을 선발하여 신학교에 파견해야 할 임무 수행을 하던 중이었다. 그 일이 파리 외방전교회가 가장 먼저 정한 목표였다. 그때 마침 조선에 머물러 있던 중국인 유방제 신부가 북경으로 복귀하면서 모방 신부는 유 신부의 편에 조선인 유학생을 보낼 계획을 하고 있었다.

---

8 피에르 샤스탕: 한국 이름은 정아각백이다.

골배마실에서 만나다

그 해 1836년 봄, 모방 신부는 교우들이 숨어 사는 산골 골배마실1에서 소년 김재복을 처음 만났다. 김대건 신부의 어린 시절 이름은 김재복이었지만 훗날 조부가 그에게 큰 뜻을 세우라는 뜻으로 이름을 김대건으로 바꾸어주었다. 당시 은이 마을의 공소에서 미사 첨례를 하던 김대건 신부의 아버지 김제준 이그나시오는 모방 신부로부터 해외에 유학시킬 신학생을 찾고 있다는 말을 듣게 된다. 그때 마침 아들을 신학교에 보내고 싶었던 그는 아들을 모방 신부에게 데려갔다.

"바로 이 애가 제 아들 김재복입니다."

모방 신부는 소년 김재복이 착하고 성실한 데다가 순교자의 핏줄을 이어받은 자손이라는 데 깊은 인상을 받았다. 당시 15살이었던 김재복은 이미 아버지로부터 신학교 얘기를 들어서 알고 있어서 남몰래 마음속으로 그 꿈을 키우

---

1 골배마실: 지금의 경기도 용인특례시 처인구 양지면 남곡리.

고 있었다. 그는 모방 신부를 만나자 가슴이 뛰었다. 골배마실에서 조부로부터 한문을 배우고 있던 산골 소년 김재복에게 모방 신부는 하늘이 보내준 전령이나 다름없었다.

"네가 나와 신학 공부를 좀 해보겠느냐?"

"네! 신부님의 말씀에 따르겠습니다."

소년 김재복은 자신의 의사를 정확하게 표명했다. 모방 신부는 그의 또랑또랑한 결의를 들으면서 소년의 갈망과 미래의 꿈을 예감할 수 있었다. 특히 모방 신부는 소년 김재복의 선대 가문부터 순교자 정신의 맥이 흐르고 있다는 점을 주목하고 강한 인상을 받았다. 혹시 하느님이 모방 신부의 미래의 선한 목자를 선택할 수 있는 놀라운 지혜를 주었다면 골배마실의 소년 김재복을 만나게 된 것은 우연이 아니었다. 이미 소년 김재복의 눈빛을 보는 순간 모방 신부의 결단은 끝났다. 누가 뭐래도 그는 신학생 후보로 제격이었고, 큰 재목이었다.

"제가 재복이를 곁에 두고 유심히 지켜보겠습니다."

모방 신부는 김제준에게 아들을 자신의 처소에 맡기도록 했다. 모방 신부는 은이 마을에 머물면서 소년 김재복과 함께 살면서 그의 생활 태도와 마음가짐과 함께 그의 성격과 재능을 예의 주시했고, 학구열과 대인관계며 신심 등을 다

각적으로 검토하면서 소년 김재복이 신학생 후보로 나무랄 데가 없는 자격을 갖추었다는 판단을 내렸다.

곧이어 소년 김재복은 모방 신부로부터 안드레아라는 본명으로 세례와 견진성사2를 받았다. 모방 신부가 김재복에게 안드레아 본명을 준 데는 특별한 의미가 따로 있었다. 성 안드레아는 본래 성 요한 세자의 신앙적 열정과 준엄한 속죄의 금욕고행을 본받기 위해 제베데오3가 요한과 함께 그의 제자가 된 성인이다. 특히 예수는 수난기가 닥치자, 안드레아에게 앞으로 그가 신앙생활의 지표로 삼을 수 있는 말을 당부했다.

「밀알 하나가 땅에 떨어져 죽지 않으면 한 알 그대로 남고, 죽으면 많은 열매를 맺는다. 자기 목숨을 아끼는 자는 목숨을 잃을 것이며, 자기 목숨을 버리는 자는 영원한 생명을 얻을 것이다.」

성 안드레아는 로마 네로황제의 박해 때, 그리스에서 선

---

2 견진성사(堅振聖事): 가톨릭교회의 성사 중, 세례 다음에 받는 의식으로 그리스도의 성령과 은총을 재다짐하는 확인 절차.
3 제베데오: 야고보와 요한의 아들.

교활동을 하던 중에 체포되어 십자가에 못 박혀 순교함으로써 그 자신도 한 알의 밀알이 되어 예수의 말씀을 따른 위대한 성인이었다. 그처럼 훌륭한 성인의 세례명을 받게 된 김대건은 모방 신부가 강력히 추천한 신학생 후보가 되어 신학과 라틴어를 배우기 시작했다. 그 당시에 중국의 유방제가 이미 유학생 후보로 선발해둔 두 소년이 따로 있었다. 한 소년은 경기도 과천 출신 최양업이었고, 또 한 소년은 강원도 홍주 다레골 출신의 최방제였다. 두 소년은 이미 한양에서 유방제 신부에게 신학과 라틴어를 배우며 신앙생활에 정진하던 중이었다.

김대건이 그들과 한양에서 합류한 것은 1836년 7월 11일이었다. 김대건은 눈을 감고, 머릿속에 각인된 옛 추억들을 하나씩 떠올렸다. 현실의 고통은 과거의 아름다웠던 추억을 통해서 더 큰 위로와 격려를 받는다. 그렇다. 하느님께서는 조선교회를 사랑하신다. 비록 교우들은 지금 혹독한 시련을 받고 있지만, 하느님은 이미 조선에 제1대 주교, 제2대 주교, 제3대 주교를 계속 보내주신다. 아무리 살벌한 박해가 계속되고 있더라도 조선에서는 하느님의 역사가 강물처럼 그 흐름을 계속 이어 가는 중이다. 더구나 박해와 환난 중에서도 하느님은 충청도 깊은 산골까지 모방 신부님을 보내어

어린 김재복을 교묘하게 찾아내셨다. 조부 때부터 영성의 뼈
대가 굵은 하느님의 자손을 이미 준비해두신 것이다. 그 영
성 속에는 이런 뜻이 있다.

「하느님의 사랑이라는 강한 선대의 핏줄을 선택받은 네가 그
산속에 숨어서 기회를 기다리고 있었다는 것을 내가 어찌 모르
겠느냐. 케아무리 깊은 산골짝에 숨어서 피는 아름다운 노루귀
꽃도 끝내는 나무꾼의 눈에 띄고 말듯이, 나는 깊은 골배마실에
숨어있는 너를 찾아낼 수가 있느니라. 자아, 주저 말고 어서 내
게로 오너라.」

하느님께서는 산골 화전민촌에 숨어 사는 코흘리개 아이
를 끝내 찾아내시어 선뜻 손을 잡아주셨고, 신학생 후보로
만들어 꿈에서조차 갈 수 없었던 한양으로 이끌어주시더
니, 그 먼 마카오까지 길을 안내해주시고 끝내는 신품성사4
를 내려주셨다. 주님의 섭리가 아니라면 어찌 그런 기적이
일어날 수 있단 말인가. 그렇다. 주님은 나를 그토록 사랑

---

4 신품성사(神品聖事): 교구의 주교가 부제에게 사제로서의 신권을 맡기는 의식.

하신다. 그것을 알고 있는 나는 주님이 맡겨주신 지상의 임무를 한 치도 소홀함이 없이 받들어 모실 것이다. 나의 주보성인 안드레아가 주님의 뜻을 받들어 천주교회 안에서 한 알의 밀알이 되었던 것처럼. 주님! 저를 이곳 해주 감영에 이르게 하신 깊은 뜻을 제가 어찌 모르겠습니까. 저는 이곳에 온 첫날 밤에 주님의 말씀을 모두 들을 수 있었습니다. 제가 누굽니까? 면천 솔뫼(지금의 당진시 우강면 송산리) 군수 나리였던 제 증조할아버지(김진후)는 해미 감옥에서 10년이라는 조선 역사상 가장 오랜 옥살이를 하신 분으로 끝내 배교를 거부하다가 옥사로 순교하신 분이십니다.

그 당시 양반 가문 출신의 군수 나리께서 엄한 조선의 국법을 어기고 왕명을 거역하면서까지 그 험한 고문의 고통을 모두 감당해내신 뜻을 제가 왜 모르겠습니까. 「나는 천주를 믿지 않겠습니다.」라고 한마디만 하셨더라면 그 심한 고초를 겪지 않으셨을 것이고, 감옥에서 풀려나셨을 터인데, 그 한마디가 얼마나 무서운 말인지를 증조부님께서는 잘 알고 계셨습니다. 하느님의 말씀이 얼마나 무서운지 모르면서 어찌 목숨까지 걸 수가 있었겠습니까. 제 선친들은 주님의 큰 사랑을 신앙의 피로 물려받은 분들입니다. 제 큰 조부님(김택현)도 제 아버님(김제준)도 고향 솔뫼의 교우회장으로 계실 때 배교자의 밀고로 참형 순교를 당하셨습니다. 제가 그분들의 피를 물려받았다는 것이 무슨 뜻이겠습니까. 제 집안의 대들보 같은 어르신들이 모두 하느님의 뜻을 받들었습니다.「저는 하느님을 모릅니다.」그분들은 그런 무서운 말을 할 줄 모릅니다. 하느님을 부인하는 것은 자신을 부인하는 말입니다. 하느님이 우리들의 목숨을 내어 주신 것처럼 그분은 우리 목숨을 끝내 거두어 가시기도 합니다. 저를 하느님의 길로 안내하기 위해 손을 잡아주신 스승 모방 신부님과 조선의 신앙 성조들처럼 저 역시 그들과 같은 피를 갖고 태어났습니다. 하느님께서 저를 조선의 첫 사제로 불러주신 그 소명감이 무엇인지 저는 잘 알고 있습니다. 저는 하느님이 정해주신 길로만 뚜벅뚜벅 걸어가겠습니다.

김 신부는 어제까지 내일을 위해 준비하고 계획했던 일들과 마음속의 기억을 모조리 깨끗하게 털어내고 마음을 비웠다. 그 다짐은 주님이 내려주신 새 언약으로 다시 채우기 위해서였다. 지금까지 주님이 등에 지워주신 짐들은 과감히 내던지고, 하느님의 뜻을 크게 받들어 세상에 널리 펼칠 것이다. 마치 앵베르 주교님과 모방 신부님과 샤스탕 신부님이 옥방에 갇힌 그 순간, 내일의 약속과 계획들을 모조리 과감하게 내던졌던 것처럼.

하느님은 누군가

　김 신부는 해주 감영에 갇혀있는 동안, 지금의 조선 천주
교회가 어느 위치에 있는지 되돌아볼 수 있게 되었다. 비록
감옥에서의 고통은 컸지만 마음을 비우고 기도와 명상으로
지내는 동안 그에게는 지난 조선교회 모습들이 하나씩 선
명하게 드러났다.

　그동안 페레올 주교를 조선에 입국시키기 위해 앞만 보
고 뛰느라고 뒤를 되돌아볼 여유가 거의 없었다. 그러다가
삶의 규칙이 갑자기 멈추자, 앞날의 예감은 아주 단순해졌
고, 지난 세월의 물줄기는 어디서 나와서 어디로 흐르는지
너무 잘 보였다.

　과거를 잊으면 앞날이 흐려진다. 그래서 과거는 미래를
위한 지혜의 보물이 되고, 성찰은 곧바로 은총으로 바뀔 수
가 있다. 초창기의 조선학자들이 뛰어난 지혜로 하느님의
진리를 깨우치지 못했다면 지금의 조선 천주교회는 여전히
암흑 속에 있었을 것이다.

　교황청이 조선을 독립교구로 만들어 제3대 페레올 주교

가 1만여 명의 양 떼를 거느리는 목자가 될 수 없었을 것이며, 조선에 첫 조선인 사제가 탄생하는 큰 영광도 갖지 못했을 것이다. 우리 선대의 천주학자들이 지금의 조선을 보면서 얼마나 기뻐할 것인가.

1779년 겨울에 이벽 성조가 천진암에서 강학회를 열면서 조선에서는 하느님의 존재를 처음 눈 뜨기 시작했다. 그 초창기의 태동이 얼마나 중요했던가. 저들 조선의 뛰어난 학자들은 천진암 주어사 절간에서 촉 등을 켜놓고 하느님 얘기로 날밤을 새웠다. 특히 이벽이 구해온 북경 서교사 로벨리가 쓴 한문본 천주교 교리문답은 젊은 학자들에게 큰 충격과 감동을 안겨주었다.

태초에 이 세상을 만든 창조주가 따로 계셨다니! 그 얼마나 무섭고 놀라운 말인가. 이 세상은 왜 존재하는가. 사람은 왜 태어나서 살다가 죽는 것인가. 사람은 죽으면 그 몸은 썩어서 형체도 없이 사라지는데, 영혼은 어딘가에 살아 있다니, 그 영혼은 도대체 어디에 있는 것인가. 유학의 경전에는 하늘이며 영혼이란 말은 한마디 언급조차 없었다. 하지만 서학에는 참으로 답답했던 모든 의문들이 너무 논리정연하게 밝혀져 있지 않는가. 아아! 바로 그거였구나.

그 뜻이 너무 놀랍고 이치가 정교해서 많은 남인 학자들이 빠져들었던 것은 너무나 당연했다. 그들은 누구로부터 그 말을 들은 적도 없었고, 배운 적도 없었지만 단지 북경에서 온 책만 보고도 하느님의 존재를 깨닫고 무릎을 쳤다.

특히 천주교의 교리 요지는 4백25여 가지 조목으로 나뉘어 천지창조부터 시작해서 인간의 원죄가 무엇인지, 사람이 살고 죽는 이유, 천주 강생의 뜻, 예수 그리스도의 수난과 부활, 세례와 혼배, 영혼 불멸의 논리, 하느님의 심판, 지옥과 천국에 이르기까지 천주교의 근본 교리를 문답식으로 풀어낸 책들 속에 모든 진리와 하느님의 계시는 물론 삶의 존재 이유와 방식까지 모두 들어있었다.

하느님은 천지를 창조하고 만물을 조성한 후에 사람을 만들어 그 생애를 주관하고 계신다. 하느님은 내 마음속에도 계시고, 지금 내 곁에도 계시고, 세상천지 그 어디에도 안 계신 곳이 없다. 우리는 하느님의 흔적과 자취를 도처에서 수시로 느낄 수가 있다. 사람은 육체와 영혼이 결합한 존재지만 육체는 영혼을 담고 있는 그릇에 불과할 뿐이다. 사람의 육체는 수명을 다하고 나면, 영혼은 분리되어 본래 있던 하느님 곁으로 간다. 그곳을 우리는 저승이라고 부른다. 우리 영혼은 결코 사멸하는 법이 없다. 하늘 아래 영원히 존재하는 것은 영혼 말고는 없다. 사람은 자기 의지로 태어난 것이 아니어서, 내가 사는 이유가 무엇인지는 하느님만 알고 계신다. 우리가 하느님을 깨닫고, 하느님을 사랑하게 되고, 내가 하느님의 사랑을 받고 있다는 진리를 깨닫게 되면 나는 비로소 삶의 의미와 목적을 알 수 있다.

그것은 지식으로 아는 것이 아니라 저절로 깨우치는 것이다. 우리가 하느님의 말씀에 따라 살아야 하는 이유는 바로 그 때문이다. 하느님은 우리가 세상에 사는 방식을 이미 정해놓았다. 하느님이 정한 대로 살지 않고는 사람이 사람답게 살 수 있는 답이 세상에는 없다. 이 세상은 하느님이 창조한 하느님의 세상이기 때문이다. 죽음은 사람의 육체와 영혼이 나뉜다는 뜻이다. 사람이 아무도 저 혼자 스스로 태어날 수 없는 것처럼, 누구도 저 혼자 죽음에서 벗어나지 못한다. 사람은 죽은 후에 하느님의 심판에 따라 영혼의 처소가 서로 달리 정해진다. 우리가 살아있는 동안 지은 죄의 대가를 각자가 다르게 치러야 하기 때문이다. 하느님의 정의가 그것을 그렇게 엄하게 정해놓았다. 사람이 하느님의 사랑을 받으며 정직하고 깨끗하게 살기 위해서는 의지적인 노력이 절대 필요하다. 그 노력이 사람을 사람답게 만들고, 그것이 또한 우리가 하느님을 사랑하는 길이 되기도 한다.

그렇다. 탐내는 마음은 꽉 움켜쥠과 같으니 은혜로 풀어야 한다. 오만한 마음은 사자의 사나움과 같으니, 겸손으로 굴복시켜야 한다. 욕망은 깊은 골짜기와 같으니 절도로 메워야 하고, 음란한 마음은 넘쳐흐르는 물과 같으니 순결로 막아야 한다. 게으른 마음은 피곤한 말과 같으니 채찍으로 매질해야 하고, 질투는 성난 물결과 같으니 용서로 가라앉히고, 분노는 불꽃 같으니 인내로 식혀야 한다. 사람은 죽은 후에 반드시 다시 태어난다. 그것이 부활이다. 죽은 자가 다시 살아나지 않는 세상은 하느님의 세상이 아니다. 땅에 심은 씨앗이 죽지 않고는 다시 살아날 수 없는 것처럼, 나뭇잎도 죽지 않고는 새싹을 틔울 수 없듯이, 사람도 다시 태어나기 위해 서 죽어야 한다. 죽은 자의 부활도 그와 같다. 썩을 것으로 심어져서 썩지 않는 것으로 다시 살아난다. 천한 것으로 심어져서 영광스러운 것으로 다시 살아난다. 육체의 몸으로 심어져서 영적인 몸으로 다시 태어나는 것이 부활이다. 그것이 우리가 하느님의 말씀대로 살아야 하는 이유다. 하느님의 말씀은 아주 쉬워서 깨닫지 못하는 사람은 아무도 없다. 그 모든 하느님의 진리와 말씀은 이미 세상에 모두 게시되어서 듣고 보지 못하는 자들도 알 수 있게 되어 있다.

그 당시 김대건 신부는 해주 감사와 천주교에 관련된 어떤 질문과 대답이 오갔는지는 자세히 밝혀지지 않았지만, 훗날 김대건 신부가 옥중에서 쓴 편지에는 이런 대목이 나온다.

「해주 감사는 저를 문초하는 동안 천주교에 관해서 자신이 의심나는 대목을 자세히 물었습니다. 저는 그때를 선교의 기회로 삼아서 그에게 자세히 설명해주었습니다. 하느님과 인간의 존재란 무엇인가. 인간의 영혼 불멸은 무엇이며 사람이 죽은 후에 그 영혼은 왜 하느님의 심판을 받아야 하며, 왜 사람은 죄에 따라 지옥과 천당에 가는가. 사람은 죽은 후에 행복하게 살기 위해서 지금 어떻게 살아야 하는지, 왜 천주를 믿어야 하는지 설명해주었습니다.」

천주 교리문답에 나오는 모든 조목조목의 내용들은 사람이 가장 먼저 깨닫고 지키며 살아야 할 진리다. 이 세상의 창조원리와 인간의 존재와 삶과 죽음에 대한 의문들은 다른 곳에서는 찾을 수가 없다. 당시 조선의 남인 학자들은 경학으로는 풀 수 없었던 세상의 이치와 진리가 안개처럼 걷히면서 하느님을 믿기 시작했다. 그것이 조선의 천주학이며 그들이 죽음을 걸고 믿었던 진리였다.

이벽 성조를 중심으로 한 천주학자들은 그 진리를 깨우치면서 이승훈이 북경에 가서 세례를 받고 귀국하자, 천주학은 조선에서 더욱 활기를 띠기 시작했다. 천진암 강학회를 통해서 천주의 진리를 깨우쳤던 학자들은 대부분 조정의 박해로 처벌되어 죽거나, 유배당해야 했다. 그런 가운데 천주교인들은 서양의 천주교회와 소통하기 위해 끝없는 획책을 시도했고, 사제의 초청도 시도했다.

조선교회는 세 명의 주교를 맞이하는 동안에도 숱한 순교자들의 피로 성 교회를 더 굳은 바위 위에 다져놓았다. 조선교회는 그 반석 위에 마침내 최초의 조선인 사제를 탄생시켰다. 조선의 천주교회가 피의 순교와 땀의 기도로 이루어낸 성과였다. 마치 주 예수 그리스도께서 성 교회를 세우고 그 자신이 십자가에 목숨을 바쳐 피를 흘렸으며, 그 제자 베드로가 십자가에 거꾸로 못 박혔던 수난의 역사와 같았다. 그 후 성 베드로는 전 세계 12억 가톨릭 신자들의 신앙의 반석이 되었다. 성 베드로 성당의 천장 돔에는 예수 그리스도가 베드로에게 한 말이 쓰여 있다.

「잘 들어라. 너는 베드로다. 내가 이 반석 위에 교회를 세우리니, 어떤 죽음의 세력도 감히 그것을 억누르지 못할 것이다.」

그와 함께 수많은 예수의 제자들이 십자가에서 피 흘리고 또다시 수많은 성인 성녀가 피로서 천주교회의 기반을 세웠다. 조선의 천주교회도 바로 그 길로 가고 있다. 그것이 하느님이 조선에 준 계시가 되었고, 김대건 신부가 조선 최초의 사제로서 하느님께 받은 사명이 되었다.

금지된 하늘

　천주교 신앙이 금지된 나라의 교우들은 단지 하느님을 섬기면서 착하게 사는 것 자체가 죄가 되어 온갖 박해를 받았다. 조선에서는 천주교인을 아예 처음부터 대역죄인으로 몰았다. 대역죄인이란 왕권에 도전하는 반역 세력을 처형할 때 판관들이 붙이는 죄목이다. 조선에서 천주교인들이 구속되면 대역죄인들과 똑같이 목을 베는 참수형을 받은 것은 그 이유 때문이었다.

　천주교는 국왕보다 천주를 더 높이 받드는 역신의 죄, 조상제사를 폐기하는 패륜 강상의 죄, 양반 상놈과 남녀 차별을 철폐하는 계급타파의 죄, 부귀영화와 출세를 거부하는 무소불위의 생사관을 갖고 있었다. 그런 천주학을 정조도 무조건 두둔할 명분이 없었다.

　1800년에 11살의 어린 순조가 왕위에 즉위하고, 김 대비(정순왕후)가 희정당에서 국사를 대신하는 수렴청정을 시작하면서 김 대비는 전국에 천주교를 금지하는 「척사윤음」[1]을 선포했다. 모든 천주교인을 척결하라는 포고령을 내린 것이다.

「그간 사악한 학문이 전국에 성행하여 어미, 아비도 몰라보고, 임금도 우습게 여긴다. 어리석은 백성들은 그것도 모르고 서학에 빠져서, 이 나라가 마치 어린아이가 우물가에 있는 것처럼 위험한 지경에 이르렀으니, 어찌 슬프고 가슴 아픈 일이 아니냐. 전국의 관리들과 포졸들에게 이르노니, 저 극악무도한 천주교인들을 철저히 징계하고, 징벌하라. 엄금 후에도 뉘우치지 못한 자들은 대역죄로 다스리고, 천주학쟁이들의 씨를 말려야 할 것이니라.」

1801년 신유년 순조 1년, 김 대비는 북경에 가서 세례를 받고 돌아온 이승훈(베드로), 최초의 조선천주교 회장 정약종(아구스티노), 학문의 대가 권철신(암브로시오)과 이가환, 초기 천주교회의 창설자 권일신(프란치스코 하비에르), 이존창(루도비코), 중국인 신부 주문모(벨로조)와 정조의 이복동생 은언군과 그의 부인 송씨(마리아), 은언군의 아들 담과

---

1 척사윤음(斥邪綸音): 조선시대에 천주교를 배척하기 위해 국가에서 낸 활자본 포고령.

며느리 신씨(마리아) 등 왕족들을 비롯한 3백여 명을 모조리 집단 처형함으로써 조선의 천주교인들에게 비극적인 상처를 역사에 길이 남기고 말았다. 특히 정순왕후의 천주교 탄압은 정치적 반대파인 남인들의 숙청을 위한 보복의 구실이 더 컸다.

예수 그리스도 역시 정치적으로는 이스라엘에서 유다 정권에 대한 반역죄로 처형되었다. 그 후로 로마제국의 가톨릭 박해는 300여 년 동안 그 어떤 나라보다 끔찍하고 잔인하게 자행되었다. 로마제국 역시 천주교인들의 집단 학살을 통해 인간의 잔인성을 보여준 오명의 역사를 남겼다. 로마에 있는 60여 개의 카타콤(지하묘지)의 숨은 순교자들이 바로 그 역사의 증인들로 오늘날까지 남아있다. 서기 197년에 초대 가톨릭 최초의 신학자이자 교부였던 테르툴리아누스는 로마의 행정관에 보내는 호교문에서 이렇게 말했다.

「너희들이 그리스도인들을 타작(처형)할 때마다 우리 교우들은 더 많은 숫자로 계속 불어날 것이다. 그 이유는 순교자의 피야말로 신앙의 씨앗으로 싹을 틔우기 때문이다.」

그가 한 말은 천주교인을 박해한 모든 나라에서 증명되었다. 조선은 조정에서 천주교인을 계속 박해하고 처형했지만 해가 갈수록 천주교인들은 놀라운 속도로 늘어났다, 일본은 조선보다 2백여 년이나 앞서 예수회의 프란시스코 사비에르가 가고시마에 도착하면서 천주교를 선교했다. 1590년에 일본은 15만여 명의 신자를 가진 거국적인 종교로 급성장할 수 있었다. 그 시기에 조선은 선조 때였고, 일본의 도요토미 히데요시는 조선 침략을 서두르고 있을 때였다. 임진왜란 때 조선을 공격한 선봉장 고시니 유키나가를 수행한 종군 신부는 스페인 출신의 예수회 선교사 세스페데스였다. 세스페데스는 고시니군의 포로가 되어 일본에 끌려와 남양군도[2]에 노예로 팔려 가는 2천여 명의 조선인 포로들에게 세례를 준 것으로 알려졌다.

그 후 1614년 일본의 도쿠가와 정권은 천주교인들을 체제를 전복시키려는 집단 혁명 세력으로 몰아 탄압을 시작했다. 특히 집권 말기의 도쿠가와 정권은 일본 나가사키시 우라카미 지역에 살던 천주교인들을 아기에서 노인에 이르

---

2 남양군도(南洋群島): 괌, 사이판섬이 있는 남태평양 섬들.

기까지 3천4백14명을 집단 수용소에 감금시켰다. 조선의 정순왕후가 천주교인들의 씨를 말려버리려고 했던 것처럼 일본의 도쿠가와 정권 역시 천주교인들의 씨를 말리려는 반인류적인 죄악을 저질렀다. 그 후 일본의 정권이 메이지 정부로 바뀐 후에도 우라카미 수용소의 천주교인들은 계속 수용소에 갇혀 있었지만 세계의 언론들로부터 비난의 여론이 크게 악화된다. 마침내 메이지 정부는 천주교 박해정책을 포기하고, 우라카미의 집단 수용소에 갇혀있던 천주교인들은 5년 만인 1872년에 모두 석방했다. 그때는 이미 수용소에서 6백 64명의 천주교인들이 목숨을 잃은 후였다.

1839년 기해년에 조선의 형조에서 체포 리스트 맨 윗자리에 오른 서양 신부는 앵베르 주교와 모방 신부, 샤스탕 신부였다. 조선의 형조에서는 세 명의 신부를 체포하기 위해서 먼저 대궐 안의 천주교인 궁인들을 본보기로 처형하기 시작했다. 궁녀 박희순과 궁인 권득인 등 수십 명의 천주교인들이 동시에 참수형을 받았다. 그 당시 좌의정 이지연은 조선에 은밀히 입국해서 선교활동을 벌이고 있는 숨은 서양 신부들을 잡기 위해 그들을 숨기는 교우들을 대신 처형했다.

"세 명의 서양 신부가 있는 은신처를 밀고하는 양반에게
는 군수 자리를 줄 것이며, 일반인 신고자들에게는 세금을
감면해주겠다."

그 당시 거리에는 그런 벽보와 함께 세 서양 신부의 화상
까지 붙여 지명수배에 나섰다. 그러자 군수 자리를 노리는
배교자 한 명이 나타났다. 천주교 신자였던 김순성은 친구
인 한양의 포도청 좌포장 손계창을 찾아가서 그해 6월, 앵
베르 주교를 조선에 입국시킨 정하상 사역원 역관 유진길,
동지사 마부 조신철과 샤스탕 신부의 하인 허 씨 등을 밀고
했다. 포도청에서는 정하상 조신철을 체포하고 혹독한 고
문을 가했지만 끝내 세 신부의 은신처를 불지 않았다.

"네 놈들이 서양 신부들을 어디에 숨겼는지 끝내 불지 않
고는 못 배길 것이다. 어디, 누가 이기나 끝까지 해보자."

형조에서 형리들의 천주교 신자들에 대한 박해는 악귀들
처럼 잔혹해져 갔다. 그들은 법전에도 없는 온갖 고문들을
가하면서 세 명의 서양 신부를 찾아내기 위해 교우들을 계
속 처형하기 시작했다.

성 이그나시오의 순교

  형조에서 형을 집행하는 관리들의 고문 방식은 기본이 매질과 곤장이었다. 그 가운데 난장은 죄수를 여러 명의 형리가 교대로 무차별 구타하는 고문이다. 그중에는 죄인을 멍석에 둘둘 말아 넣어 몽둥이로 멍석을 패대는 형벌도 있다. 회술레나 조리 돌기라는 고문은 죄인의 등에 북을 매달고 북을 쳐서 사람들의 시선을 끌게 하면서 길거리를 돌아다니며 죄수의 죄목을 사람들에게 공시하는 방식이다. 참수형을 시킬 때나 사형장에서 죄인에게 조리 돌기를 시켜서 사람들의 야유를 끌어낼 때 회술레 조리 돌기의 수법을 쓴다.

  줄 톱질은 좀 더 가혹한 고문에 속한다. 죄인을 묶어 털로 꼰 줄로 다리를 돌려 감고 양쪽에서 톱질하듯 당겼다 놓았다 하는 고문이다. 그럴 때 줄에는 살점이 묻어나고 피가 튄다. 고문 중에 좀 더 고약한 것은 「학춤추이기」가 있다. 그 고문은 법전에도 없지만, 형리들이 만들어내어 관행적으로 사용했다. 먼저 죄인을 발가벗긴 채, 손을 등 뒤로 잡아 묶고, 팔 안쪽에 막대를 끼어 공중에 대롱대롱 매달아 놓고, 죄인이 지쳐서 혀를 빼물고 헉헉거릴 때까지 등을 마구 패는 고문이다. 그때 죄인의 모습이 학춤을 추는 모습 같다고 해서 그런 이름이 붙었다. 고문 중에 흔히 쓰이는 주리 틀기는 양다리와 무릎을 묶고, 정강이 사이로 두 개의 주릿대를 넣은 다음, 가위를 벌리듯 엇갈리게 힘을 가한다. 그 고문을 받으면 정강이뼈가 휘어지다가 부러지면서 거의 불구를 면할 수 없게 되는 치명적인 악형이다. 주리 틀기는 그 잔인성이 지적되어 영조 때는 포청에서 금지했지만 실제로는 폐지되시 않고 형리들 시이에서 공공연하게 이루어졌다. 압슬형은 하의를 벗겨 사금파리 위에 앉히고 무릎 위에 널빤지를 놓고, 그 위에 형리가 올라가 주릿대로 압박하는 고문이다. 그 밖에도 형리들은 천주교인들을 양팔로 붙들어 머리를 바위에 쳐 죽여 땅을 파서 집단으로 생매장을 한 무자비한 학살 방법들이 동원되었다.

로마 시대의 폭군들은 교우들을 맹수의 밥으로 삼거나 화형을 시켰고, 살갖을 벗기기도 했고, 사지를 절단하거나, 펄펄 끓는 물속에 밀어 넣기도 했다. 지금도 천주교인들의 입에 오르내릴 만큼 혹독한 고문에도 굴하지 않고 버틴 순교자들은 많다. 궁녀 전경협 아가다는 천주교에 입교한 후에 출궁했다가 잡힌 후로는 '궁녀의 몸으로 사악한 천주교를 믿었다는 죄'로 배교를 명령했지만 끝내 거부하면서 '주 하느님이 만민의 왕'이라고 말했다. 대궐에서 국왕을 섬기던 궁녀가 하느님이라는 다른 왕을 섬기는 것은 반역에 해당하는 죄목이다. 형리는 전경협 아가다를 세모 방망이로 온몸에 난장을 가했다. 전 아가다는 살이 터지고 뼈들이 부러진 상태로 옥중에 한동안 방치해 두었다가 훗날 감방 안에서 목을 잘라 시체를 폐기했다.

일반 형사범들도 그처럼 무참하게 죽이지는 않았다. 형리들이 연약한 궁녀를 그토록 처참하게 처형한 것은 왕을 모시던 궁녀의 배신행위에 대한 포도청의 과잉 충성 경쟁이 형리들로 하여금 그런 증오심을 일으키게 했을 것이라는 분석도 있다. 정하상, 유진길과 함께 북경 동지사의 사신으로 가서 북경에서 세례를 받고 돌아왔던 마부 조신철(가를로)은 프랑스 모방 신부의 통역관으로 그동안 선교활동에 전심해왔다. 그는 집을 비운 사이에 가족들이 모두 포졸에게 구속되었다는 말을 듣고 곧바로 포도청에 가서 자수했다. 형리들은 그를 대들보에 매달아 「학춤추이기」로 고문을 했다.

그는 사흘 동안 세모 방망이로 구타를 당하고 줄 톱질 고문까지 받았지만 끝내 프랑스 신부가 숨은 곳을 말하지 않았다. 그는 서소문에서 참수형을 받았다. 그의 나이 45세였다. 때때로 일부 교우 중에는 순교의 열망에 사로잡힌 놀라운 일이 일어나곤 했다. 유대철 베드로는 역관 유진길의 아들이다. 그는 13살의 어린 나이에도 불구하고 형조에 찾아가 천주교인임을 스스로 밝히는 대담성을 보였다. 어린 나이에 그런 결단이 어디서 나왔는지는 불가사의한 일이다.

그는 배교하라는 말을 거절한 형리들의 반발을 사서 더 극심한 고문을 받았다. 형리들은 불을 붙인 긴 담뱃대의 쇠끝으로 살을 지지면서 배교를 깅요했지만, 그는 완강히 거부했다. 형리들은 어린 유대철이 얼마나 견디는지 보자는 심사로 불에 달군 돌을 그의 입속에 넣으려고 하자, 그가 오히려 입을 크게 벌려 받아먹으려고 하자, 형리가 매우 놀라서 돌을 떨어뜨리기도 했다. 형리들은 그에게 물매질해서 실신시켰지만, 감방 안의 교우들이 열심히 간호한 덕에 다시 기운을 차렸다. 이번에 형리는 그의 정강이뼈를 6백 번 치고, 곤장을 45대나 때렸다. 어린 유대철은 피로 물들고, 뼈들이 바숴진 채, 감옥에 버려졌다. 옥졸들은 죽어가는 그를 목 졸라 죽인 다음, 목을 잘랐다.

조선 법에는 어린이와 노인은 참수형을 금지하고 있었지

만, 형리들은 소년 유대철을 형장에 보내지 않고 감옥 안에서 참수시키는 불법을 자행하는데도 관리들은 아무도 신경을 쓰지 않았다. 사람들은 13세의 어린 유대철이 스스로 포도청에 자수하고 순교한 것을 두고, 어린 나이에 어떻게 하느님에 대한 그런 강인한 신앙심을 발휘할 수 있었는지 모두 혀를 내둘렀다.

그중에는 지금의 수녀원처럼 여럿이 모여서 공동체 신앙생활을 하던 여자 교우들이 있었다. 김성임 마르타, 이영희 마그달레나, 이매임 데레사, 김 루치아 4명이 그들이었다. 그들도 유대철처럼 자헌 치명자들이다. 자헌이란 스스로 포청에 가서 순교를 자청한다는 뜻이다. 그들 역시 포청을 찾아가 포졸에게 묵주와 성물을 꺼내 보이며 자신들이 천주교인임을 스스로 밝히고 자수했다. 포졸들은 네 명의 여교우들을 달래고 꾸짖으며 집으로 돌려보내려고 온갖 회유로 배교를 유인했지만 그들은 끝끝내 굴복하지 않고 1839년 7월 20일에 서소문 밖에서 모두 참수당했다. 천주교회의 교부 성 이그나시오 역시 순교를 열망하여 박해자들에게 자수하고 치명한 성인 중의 한 분이다.

이그나시오 성인은 하느님 곁으로 가기 위해서 자기 자신을 짐승들의 먹이가 되도록 해달라고 청원할 정도로 치명을 간절히 원했다. 그것은 오직 인간의 단 하나의 희망이자, 사랑이며, 우리들의 삶 그 자체인 예수 그리스도와 자신의 영혼이 일치를 이루기 위해서는 그 방법밖에는 없다는 사실을 행위로 고백한 것이다. 그는 자신의 순교를 교회를 위해 희생하는 제사의 예식으로 여겼다. 조선교회의 순교자들을 보면 성 이그나시오처럼 순교를 통해 자신을 하느님께 봉헌하고자 하는 신앙심을 보여준 예가 많다. 김효임 골롬바와 김효주 아녜스 두 자매도 기해년 5월에 천주교인이라는 이유로 포도청에 체포되었다. 그들은 아버지를 일찍 여의었고, 어머니는 혼자 여섯 자녀를 길렀다.

골롬바와 아녜스 두 자매는 결혼하지 않고 동정녀의 순결을 지키며 살기로 약속했다. 그들은 기도와 명상으로 신앙생활을 하던 중, 천주교 신자라는 사실이 발각되어 포도청에 끌려갔다. 포청의 형리는 두 처녀가 결혼 적령기인데도 결혼하지 않았다는 이유를 트집 잡아 배교할 것을 강요했으나 그들은 반박했다.

「우리는 하느님에게 더욱 헌신하는 삶을 살기 위해 동정을 지키며 신앙생활을 하고 있습니다. 포장께서는 남의 사적인 결단에 간섭할 권리가 없으니 그런 말은 제발 삼가시기를 바랍니다.」

그녀는 단호하게 말했다. 그 말을 들은 형리들은 두 자매에게 주리형으로 고문한 후에 옷을 모두 발가벗겨서 알몸을 만들어 흉악범들이 득시글거리는 감옥 안으로 밀어 넣었다. 너희들이 그곳에서 동정을 지켜보라는 식의 보복적 성폭행을 가한 것이다. 하지만 하느님은 그들을 그냥 두지 않았다. 두 자매의 결연하고 거룩한 자세에 놀란 흉악범들은 기가 질려서 모두 몸을 사리며 감히 접근조차 하지 못했다. 형리들은 그다음 날도 처녀들이 무사한 것을 보고, 이틀 후에는 다시 여자들을 옥방으로 옮겨놓고 고문을 하기 시작했다. 형리들은 효임, 효주 두 자매를 숯불에 붉게 단 인두로 열두 번이나 살갗을 지져댔다. 살타는 냄새와 울부짖는 소리가 형장에 가득 찼다. 그래도 두 자매는 끝까지 버텼다. 그들이 어떤 혹독한 형벌을 받아도 굽히지 않자, 오히려 형리들이 더 놀라고 지쳐서 스스로 물러났다. 두 자매는 며칠이 지나자 다시 기운을 차렸다. 불 덴 자리는 상처가 아물고, 얼굴은 혈색을 되찾았다. 놀라운 일이었다.

아니! 인두로 그렇게 지졌는데 상처가 저렇게 말끔하다니!

저 처녀들은 분명 귀신이 들린 것이다. 그렇다면 저들을 돕는 귀신들이 처녀들의 몸에서 기적을 일으키지 못하게 해야 한다. 형리들은 벌겋게 불에 달군 쇠꼬챙이로 13개의 부적[1] 글자를 그들의 어깨에 새겨 넣었다. 그런 다음, 형리들은 김효주와 김효임을 독방으로 끌고 가서 발가벗긴 채, 두 손을 묶어 공중에 매달아 놓고 「학춤추이기」를 시켰다. 형리 넷이 허공에 매달린 두 처녀에게 네 명이 번갈아 매질을 시작했다. 그 형벌은 금세 혀가 입에서 저절로 빠지고, 거품을 품으며 낯빛이 벌겋게 변하고 숨을 멎게 된다. 형리들은 둘이 숨이 멈추려고 하면 죽지 않도록 다시 내려놓고 쉬게 했다가 또다시 「학춤추이기」를 반복하면서 혹독하게 매실했나. 마침내 형조판서가 두 자매에 대한 악독한 성 고문을 전해 들었다. 형조판서는 두 자매를 불러서 고문 행위를 들었다. 김효주 아녜스가 형조판서 앞에 가서 읍소를 하면서 간곡하게 말했다.

"형조판서 나리께서 조선의 법도에 따라 저희를 죽이신다면 죽음은 기꺼이 받겠습니다. 하지만 법도에도 없는 온갖 모욕과 학대와 고문으로 저희들을 고문하시니 너무 가슴 아픈 일입니다. 나리께서 부디 잔학한 포졸들로 하여금

---

1 부적(符籍): 잡귀와 재앙을 물리치기 위한 글이나 그림.

지체 높으신 형조판서 나리의 위엄과 품위를 해치는 일을 하지 않도록 선처해 주십시오."

그 말을 들은 형조판서는 금세 얼굴을 붉히고 크게 노했다.

"이 순결한 처녀들에게 어찌 그런 무법한 짓을 저질렀느냐! 어서 형리들을 당장 끌어내어 합당한 벌을 주도록 하렷다."

형조판서는 처녀들을 고문한 악독한 포졸과 형리들을 잡아들여 크게 질책하고, 그들을 심한 장형에 처한 것은 물론 책임자 두 명은 멀리 유배형을 내렸다. 그 후부터 효임, 효주 자매는 악독한 고문보다 더 고통스러운 모욕을 받지 않았다. 하지만 두 자매는 마침내 각기 사형판결을 받고 김효주 아녜스는 9월 3일, 24살의 나이에, 김효임 골롬바는 9월 26일, 26살의 나이에 참수형 당함으로써 하느님에게 순결한 몸과 마음을 바칠 수 있었다.

순교자 중에서 용인 출신의 허계임은 시누이 이매임으로부터 천주교를 알고 나서 남편의 극심한 반대를 무릅쓰고 두 딸 이영희 마그달레나와 이정희 바르바라를 입교시켰다. 그들은 이매임의 집에서 딸들과 함께 공동으로 기도 생활을 하던 중, 박해가 일어나자 그녀는 두 딸을 데리고 이

매임 등 4명의 자헌 치명자들과 함께 관가에 가서 묵주를 보여주고 천주교임을 자백한 후에 67세의 나이에 참형을 받았다. 허계임의 가족은 5명이 순교했다.

순교자 중에 성녀 유 체칠리아는 69세의 최고령자다. 그녀는 당시 조선교회의 대들보나 다름없던 정하상의 모친이다. 유 체칠리아는 아들이 순교한 후에 구속되었다. 포청에서는 배교하고 천주교인 이름을 대라고 고문을 가했지만 끝내 거부하고 그 나이에 2백30여 대의 매를 맞았다. 그 당시 국법은 노인과 어린이는 참수가 금지되었다. 그로 인해 유 체칠리아는 12번의 신문과 형벌 끝에 옥중에서 숨졌다. 조선에서는 최고령의 순교자로 기록되었다.

조선에서 천주교 박해에 나선 좌우정 이지연은 김효임, 김효주를 비롯하여 허계임, 홍금주 등 양반 가문의 딸 십여 명을 전격적으로 참수시켰다. 앵베르 주교와 두 서양 선교사를 자수시키기 위한 압박하기 위해 교우들을 계속 희생시키겠다는 뜻이었다. 앵베르 주교는 교우들의 희생을 숨어서 지켜볼 수가 없었다. 더 많은 희생자가 나오기 전에 어떻게든 손을 써야 했다. 마침내 앵베르 주교는 모방 신부와 샤스탕 신부를 청나라로 보내고 혼자 자수할 결심을 굳했다. 하지만 두 신부는 앵베르 주교에게 결코 조선을 포기하지 않겠다는 의지를 보였다. 먼저 배교자 김순성의 밀고로 포졸 5명이 일꾼으로 위장하고 앵베르 주교를 찾아왔다. 자수를 결심하고 있던 앵베르 주교는 포졸들의 붉은 밧줄을 순순히 받았다. 좌포도청 손계창은 그를 정치범을 체포할 때만 쓰는 붉은 밧줄로 포박해서 연행했다. 모방 신부와 샤스탕 신부가 각기 새 은신처를 찾아 떠난 후에야 이미 체포되어 감옥에 있던 앵베르 주교로부터 한 통의 편지를 받았다. 그 편지는 라틴어 전문으로 씌어있었다.

「무릇 착한 목자는 자기 양들을 위하여 목숨을 바칩니다. 신부님들께서 아직 배를 타지 않으셨다면 좌포장 손계창에게 자수하기를 바랍니다. 교우는 한 사람도 따라오게 해서는 안 됩니다.」

앵베르 주교는 교우들이 사제로 인해서 계속 죽어가는 모습을 지켜보면서 얼마나 가슴이 아팠는지 알 수 있다. 포청에서는 모방 신부와 샤스탕 신부를 체포하기 위해 앵베르 주교를 압박하는 수단으로 교우들을 대신 계속 처형시키고 있었다.

1966년 노벨문학상 수상 작가 일본의 엔도 슈사쿠의 소설 「침묵」에는 당시 형조에서 앵베르 주교를 압박하기 위해 그와 똑같은 수법의 고문이 등장하고 있다. 일본의 막부 정권은 천주교인들이 가장 많은 나가사키에서 배교를 강요하면서 하루에도 70여 명씩 극악무도한 살해를 강행하고 있었다. 그런 살벌한 박해 속에서 일본에 파견된 존경받는 선교사 크리스토퍼 페레이라 신부가 배교했다는 소문이 바티칸 교황청으로부터 전해진다.

　　그때 세바스티안 로돌리코와 가르페, 호안테 세 신부는 자신의 정신적 스승이 눈부신 순교를 한 것이 아니라 이교도 앞에서 짐승처럼 배교하고 굴복했다는 소문을 믿을 수가 없었다. 그들은 그 사실을 확인하기 위해 일본에 도착한다. 하지만 로돌리코 신부 역시 교활한 일본인 안내자 기지치로의 밀고로 당국에 체포된다. 관리들은 로돌리코 신부의 배교를 강요당하면서 답회2를 하면 배교로 인정해주겠다는 제안을 한다. 로돌리코 신부는 차마 예수의 고상을 밟

---

2 답회(踏繪): 예수의 고상을 그린 동판을 밟는 행위.

을 수가 없다. 하지만 배교하지 않으면 그 대신 땅 구덩이에 거꾸로 매달려 있는 다섯 명의 불쌍한 농부 교우들이 차례로 처형될 수밖에 없다. 그때 배교한 스승 페레이라 신부가 로돌리코 앞에 나타난다.

"나 역시 전에는 지금의 너와 똑같았다. 만일 지금의 네가 예수였다면 그분도 분명 배교하셨을 것이다. 자신의 모든 것을 희생해서라도… 저 교우들을 저런 고통 속에 그냥 두지는 않았을 것이다. 너는 지금까지 아무도 하지 못한 가장 괴로운 사랑의 행위를 해야 한다. 네 이기적인 구원을 위해서 저들을 버려서는 안 된다."

로돌리코 신부는 스승 페레이라 신부의 말을 들으면서 기도한다.

"주여, 저는 헤아릴 수 없을 만큼 당신의 얼굴을 떠올리며 살았습니다. 당신이 십자가를 진 모습을 되새기고, 그 표정을 제 영혼 깊이 새겨둔 채, 세상에서 가장 아름답고 고귀한 당신의 모습을 제 마음속에 간직하고 살았습니다. 하지만 아아, 주님이시여! 이제 저는 제 발로 당신을 밟지 않으면 안 됩니다."

성화가 그려진 나무판은 그의 발 가까이에 있었다. 그동안 수없이 밟힌 동판은 닳아서 거무스레한 형태로 남아있었다. 동판의 예수는 슬픈 눈으로 로돌리코 신부를 바라보며 말했다.

'그래 밟아라. 밟아도 좋다. 나는 너희들에게 짓밟히기 위해 세상에 왔다. 나를 밟으면 너는 아프겠지만 나는 네가 아파해주는 그 사랑만으로도 충분하다. 어서 밟아라!'

이어서 통역관이 그저 형식적으로 겉으로 밟기만 하면 되는 것이 아니냐? 뭐가 그리 어렵냐고 말했다. 로돌리코 신부는 마침내 성화를 밟는다. 순간 가슴 깊은 곳에서 둔한 아픔이 왔다. 그것은 결코 형식이 아니었다. 자신이 이 세상에서 목숨을 걸고 지켜왔던 가장 아름답고 성스러운 것, 자신의 가장 높은 이상과 꿈과 하느님의 나라를 그는 짓밟았던 것이다.

샤스탕의 편지

앵베르 주교가 두 신부에게 자수를 권유한 것은 의금부의 판사들이 압박한 탓이 컸다. 남은 모방과 샤스탕 두 신부가 끝내 자수하지 않고 버티면 대신 교우들을 계속 처형하겠다는 협박이었다.

「무릇 착한 목자는 자기 양들을 위하여 목숨을 바칩니다.」

앵베르 주교가 두 신부에게 그런 편지를 쓴 배경에는 그런 절실한 사연이 숨어 있었다. 이제 자수할 것인지 안 할 것인지는 모방과 샤스탕 신부의 몫이 되고 말았다. 샤스탕 신부는 앵베르 주교의 편지를 받은 후에 마침내 결단을 내렸다.

"주교님의 마음을 저는 잘 이해하고 있습니다. 착한 목자는 자기 양들을 위해 마땅히 목숨을 바쳐야 합니다. 그것이 주님이 저희를 위해 목숨을 바친 바로 그 뜻입니다."

샤스탕 신부는 모방 신부가 있는 홍주로 갈 채비를 마쳤다. 샤스탕 신부는 출발에 앞서 고향 프랑스 마르꾸의 부모님에게 이별의 편지를 썼다. 훗날 프랑스의 가족들은 그 편지를 공개함으로써 샤스탕 신부의 비장한 당시 심경을 우리들이 알 수 있게 해주었다.

「사랑하는 부모님, 주교님께서 현명한 판단을 내리셔서 지금은 우리가 어린 양들을 위하여 목숨을 버리는 것이 착한 목자의 도리라고 말씀해주시고, 스스로 포졸들에게 잡히신 후에 저희에게도 편지로 자수를 권하셨습니다. 이제 모든 일들이 주님의 뜻대로 이루어지기를 바릴 뿐입니다. 저는 내일 나의 형제 모방 신부를 만나러 홍주로 갑니다. 거기서 우리는 함께 주교님이 갇혀있는 관가에 가서 자수할 것입니다. 제 영혼은 이미 주님에게 드렸습니다. 부디 그런 저를 슬프게 여기지 마시고, 천만번이라도 감사히 여겨 주십시오. 사랑하는 부모님, 우리 형제자매, 친구들이여! 이것이 제가 지상에서 쓴 마지막 편지입니다. 부디 제 이별의 인사를 기꺼이 받아주시기 바랍니다. 훗날 모든 분이 저와 천국에서 다시 만나기를 바랍니다. 제가 먼저 천국에 가서 기다리고 있겠습니다. 앙드레 쎄바스티안 샤스탕 올림」

먼 고향의 가족들에게 쓴 그의 마지막 편지는 애절한 문장으로 가득 차 있다. 고향과 조국을 떠나 지구의 반대편인 낯선 땅에서 죽음을 향해 가는 한 사제의 마음을 조선의 교우들은 잊지 않고 배웅할 것이다. 그는 하느님의 은총을 향해 가고 있기 때문이다. 그 후에 모방 신부와 샤스탕 신부는 홍주에서 만나서 각기 교우들과 외방전교회에 보내는 마지막 이별의 편지를 이렇게 남겼다.

「조선교회에서 박해를 모면한 교우는 아무도 없습니다. 주교님께서는 저희에게 자수를 권하시어 오늘(1839년 9월 6일) 우리 두 사람은 주교님이 계신 감옥으로 찾아갑니다. 우리를 박해하는 조선의 좌상 이지연은 우리의 목을 베기 위해 큰 칼을 세 자루 만들어 두었다고 전해 들었습니다. 저희에게 한 가지 위로와 기쁨이 있다면 지난 3년 동안 조선의 교우들에게 성사를 드릴 수 있었던 것입니다. 이제 저희는 하느님이 베풀어주시는 은총의 큰 잔치를 향해 갈 것이니 조금도 슬퍼하지 않겠습니다. 주님의 은총과 인내하심이 항상 저희와 함께하소서. 모두 안녕히 계십시오. 샤스탕 · 모방 올림」

먼 훗날 로마교황청에서 순교자에게 복자 칭호를 허가하는 조사관의 말을 들어보면, 당시 조선에서 앵베르 주교가 당한 위급한 상황을 냉정하게 판단할 수가 있다. 앵베르 주교가 두 신부에게 자수를 권고한 것을 두고, 일부에서는 순교가 누군가에 의해 권유될 수 있는 것이냐는 의문이 제기되었기 때문이다. 그 해석은 때에 따라 다소 달라질 수도 있지만 교황청의 순교 조사관은 조선의 박해받는 현실과 주교로서 그가 내려야 할 판단을 냉정한 입장에서 잘 정리해주고 있다.

『앵베르 주교가 두 신부에게 자수를 권고한 것은 무모한 일이 아니었습니다. 특히 두 신부가 주교의 말에 복종하고 자수한 것은 영웅적인 행위였으며 교우들에게 닥칠 더 큰 재앙을 막기 위한 희생적인 결단이었습니다. 그들은 요한복음(11:13)에서처럼 「친구를 위해 목숨을 바치는 일보다 더 큰 사랑은 없다고 하신 주 예수 그리스도의 말씀을 실천에 옮긴 것」이며, 요나서(1:22)의 말씀처럼 「나를 바다에 던지시오. 그러면 바다가 잔잔해질 것입니다. 그 심한 풍파는 나로 인해서 일어났기 때문입니다. 바로 그 말의 실천이기 때문입니다.』

세 신부의 의지와 뜻이 같았던 것은 하느님의 뜻도 그들과 똑같았기 때문이었다. 이미 모든 준비를 마친 두 신부는 홍주에 가서 포졸들의 사슬을 받고, 한양으로 압송되었다.
마침내 두 신부는 한양의 포도청에서 앵베르 주교와 만날
수 있었다.

그들은 모두 고위급 국사범을 다루는 의금부로 이송되었
다. 그와 함께 정하상, 유진길, 조신철 등 모두 6명이 추국
청에서 함께 신문을 받게 되었다. 조선 왕실 측 자료인 「승
정원일기」에는 기해년 9월 12일 의금부 판사가 세 신부를
신문하는 기록들이 나온다. 모방 신부가 먼저 국문에 응하
고 있는 장면이다.

"너는 어디서 왔느냐?"

「멀리 구라파에서 왔습니다.」

"조선에 와서 어디에 머물렀느냐?"

「정하상 바오로의 집에서 머물렀습니다.」

"그동안 돈은 어디서 나서 썼느냐?"

「내가 쓸 돈은 갖고 왔습니다.」

"누가 너를 보냈느냐?"

「천주교회의 으뜸이신 교황께서 파견하셨습니다.」

"누가 너희를 불러서 왔느냐?"

「조선 천주교인들이 불러서 왔습니다.」

"이젠 너희 나라로 돌아가겠느냐?"

「안 가겠습니다. 우리는 조선 교우들의 영혼을 구하기 위해 왔습니다. 여기서 죽어도 여한은 없습니다.」

다른 두 신부에게도 대체로 비슷한 말을 묻고 대답한 것으로 알려졌다. 그들에게 질문은 더 있었지만, 관가에서는 그 외에는 어떤 대답도 얻어내지 못했다. 세 신부는 그날 각기 곤장 형 중에 가장 엄한 벌에 사용되는 형구인 치도곤 70여 대씩을 맞은 후에 대역 죄인들이 받는 군문효시형을 선고받았다. 사형집행 날은 1839년 9월 21일 성 마테오 축일이었다. 훗날 조선의 제5대 주교가 된 프랑스의 마리 다블뤼 신부의 비망록에는 세 신부가 사형받았던 그날의 생생한 모습을 기록한 글이 나왔다.

「사형 당일 세 신부는 등 뒤로 손을 결박당한 채, 1백여 명의 군졸들의 호송을 받으며 가마를 타고 새남터 형장으로 간다. 사형 터에는 삼엄한 경계 속에 사형 선고문을 쓴 깃발 한 폭이 바람에 황량하게 펄럭거리고 있다. 신부들은 바지만 입고 웃통을 벗었으며, 손은 가슴 앞으로 결박하고 겨드랑이에는 긴 몽둥이를 질러 넣고 화살로 귀를 위아래로 꿰뚫은 다음, 얼굴에 물을 끼얹고 횟가루를 한 줌 뿌린다. 군졸 6명이 사형수들을 광장에 세 바퀴를 돌리면서 군중들의 야유와 욕설을 듣게 한 다음, 사형수의 무릎을 꿇리고, 군졸 12명이 칼을 들고 주위를 방방 뛰다가 그들에게 싸움을 거는 흉내를 내는 척하면서 칼을 높이 들어 올렸다.」

주여! 제 영혼을 당신의 손에 맡기나이다.

주 예수 그리스도가 골고다의 십자가에 매달린 채 한 말이다. 그들은 모두 예수 그리스도처럼 자신의 목을 하느님께 맡기고 순교를 주님의 은총으로 감사하게 여겼다. 모든 순교자들은 어느 나라에서나 참형을 받기 직전에 그와 똑같은 마음을 가졌다. 일본의 도요토미 히데요시는 천주교인들을 박해하면서 일본에서 추방 명령을 내렸다. 대부분의 사제들은 배를 타고 떠났지만, 그 명령을 거부한 예수회 신부 26명은 즉각 체포되어 나가사키 사형장에서 십자가에 매달린 채 공개처형을 당했다. 일본인 수사 출신 바오로 미키[1]는 순교 직전에 군중들에게 말했다.

---

1 바오로 미키: 일본 예수회 수사 출신 순교 성인.

「그리스도의 진리를 컨했다는 이유로 커희가 죽게 된 것을 하느님께 감사드립니다. 나의 죽음은 주님의 선물입니다. 나는 박해자들을 용서하도록 하느님께 기도드리겠습니다.」

그날 처형장을 가득 메운 군중들 속에서 천주교인들의 성가가 터져 나왔다. '하느님을 찬양하라, 주님의 백성들이여!' 그 놀라운 성가를 들으면서 순교자들은 모두 이렇게 말했다.

'주여! 도요토미 히데요시와 처형 관리들을 용서하소서.'

사형 집행관의 용서를 기도하는 가운데 예수회 사제들은 모두 죽창에 찔려 지상의 삶을 마감했다. 박해자가 가해자를 용서할 수 있는 사랑은 하느님의 자녀들만이 할 수 있는 특별한 기도다. 그날 나가사키에서 처형된 예수회 사제 26명은 훗날 1627년에 로마교황청으로부터 시성되었다. 현재 일본교회 출신의 시복자는 모두 393명이고, 42명이 성인 위에 별도로 올라있다. 일본의 시복자 중에는 임진란 때 일본에 끌려가서 세례를 받은 한국인 출신 9명과 일본인 아내 3명이 포함되었다. 중국의 시복2 성인은 120위이고,

---

2 시복(施福): 죽은 후에 복자의 품에 오름.

베트남의 시복 순교 성인은 117위다. 한국은 2013년 현재 103위의 시복성인 이외에 125위의 시복시성을 추진 중이다. 세계 가톨릭 역사상 첫 순교성인은 성 스테파노 신부였다. 예수의 열두 제자가 임명한 7명의 첫 부제 대표였던 그는 성난 군중들의 돌팔매를 맞아 피투성이가 되었지만 평화로운 표정으로 죽어가면서도 돌을 던지는 사람들을 위해 기도했다.

'주님, 제 죄를 저 사람들에게 돌리지 마십시오.'

그는 예수 그리스도가 죽기 직전에 했던 기도를 똑같이 따라 하면서 숨졌다. 그 후로 많은 순교자가 성 스테파노의 뒤를 따라 원수를 용서하며 죽었다. 야고보는 죽기 전에 이렇게 기도했다.

「주님, 저들을 용서하소서, 저들은 자기들이 하는 일이 무슨 일인지 모릅니다.」

사도 바오로 역시 「사형 집행관에게 잘못을 지우지 마옵소서.」라고 기도하며 숨을 거두었다. 그 말은 예수님이 십자가에서 피를 흘리며 죽어가면서도 하느님께 드린 바로 그 기도였다.

「아버지, 저들을 용서하소서. 저들은 지금 자기들이 무슨 일을 하고 있는지 잘 모릅니다.」

주 예수 그리스도가 저들을 용서하는 이유는 용서가 하느님의 또 다른 인간에 대한 사랑의 표현이기 때문이다. 마침내 앵베르 주교, 모방, 샤스탕 신부들은 새남터에서 하느님에게 목숨을 바침으로써 교회의 피를 더욱 거룩하게 봉헌하였다. 그들의 순교지가 된 새남터는 오늘날 한국 천주교회의 기념비적인 성지가 되었다.

주여! 제 영혼도 당신의 손에 맡기나이다.

김대건 신부는 두 손을 움켜잡고 속으로 크게 외쳤다. 목이 메어 기도가 더 이상 나오지 않았다. 10년 전에 있었던 세 신부의 사형 장면은 마치 지금 보는 것처럼 생생하게 떠올라서 저절로 몸서리가 쳐졌다. 세 신부가 참형을 받은 후에 순교한 교우 중에는 정하상의 어머니가 옥사했다. 정하상과 정정혜 남매가 서소문에서 참수 치명되었다. 역관 유진길이 참수되었으며, 그의 어린 아들 유대철은 교수형, 최양업 신부의 부친 최경환은 형조에서 맞아서 옥사했다. 북경 동지사의 마부 조신철은 김대건 신부의 아버지 김제준 이그나시오와 함께 서소문에서 참수 순교를 당했다.

주여! 아버님의 영혼을 주님의 손에 맡깁니다!

김대건 신부는 기해년 9월 26일에 아버지를 잃은 아픔과 고통을 겪어야 했다. 김 신부는 15살 때 은이 마을 공소에서 아버지와 헤어진 후 이번에는 돌아가신 아버지를 꿈속에서나마 다시 만날 수 있었다. 중국인 유방제 신부의 손에 이끌려 한양으로 떠나던 날, 김 신부의 부모님은 그가 시야에서 사라질 때까지 손을 흔들던 모습이 마지막이었다. 아버지가 원하던 대로 아들이 사제가 되어 돌아온 것을 천국에서 내려다보고 기뻐하셨을까? 김 신부는 또다시 눈물이 앞을 가렸다. 그는 집안의 어르신들을 떠올리면 눈물부터 앞섰다. 부모님과 은이 마을에 함께 살 때는 너무 어려서 효도도 제대로 한 번 해보지 못한 것이 통한이 되어 가슴속에서 사무쳤다. 많은 교우가 함께 고난을 겪고 끝내는 참형을 당했기에 유독 아버지를 잃은 고통만 더 크게 느낄 수 없는 것이 사제로서의 애틋한 감정이긴 해도, 그 죄스러움과 한스러움은 피할 수가 없었다.

"사랑하는 교형자매 여러분, 그토록 큰 환난 속에서 그처럼 처참하게 모두들 하느님의 곁으로 떠나셨습니다."

지금 그의 가슴은 너무나 참담한 심정이다. 비록 주님께서는 세상의 목숨이 다한 끝에는 천국의 안식을 주신다고 기약하긴 했지만, 목숨이 붙어있는 그동안에 당한 그 끔찍스러운 고통과 두려움을 어떻게 감당할 수 있었는지 상상이 안 되었다. 주 예수 그리스도가 지상의 마지막 시간을 마치던 바로 그 골고다 언덕에서 그토록 비극적이고 슬픈 삶을 마친 것이 우리들 머릿속에는 상상이 안 되는 것처럼.

앵베르 주교는 조선에서 2년 동안 살았고, 43세의 나이로 순교했으며, 모방 신부는 조선에서 3년 9개월을 살다가 37세로 세상을 마쳤고, 샤스땅 신부는 조선 체류 2년 9개월 만에 역시 37세의 나이로 치명했다. 그들의 유해는 서울 신촌의 노고산(지금의 서강대학교)에 잠시 머물렀다가, 삼성산으로 옮겨졌고, 다시 서울 명동의 주교좌 대성당 지하에 안치되어 많은 교우들의 위로와 기도 속에 살아있다. 먼 이역만리에 단신으로 뛰어들어 '너희는 땅끝까지 복음을 전하라'고 하신 하느님의 말씀의 순명이다.

김대건 신부에게는 1839년에 일어난 기해교난은 그의 기억 속에서 영원히 잊을 수 없는 슬픈 역사의 한 페이지로 남아있다. 기해박해는 사랑하는 세 명의 스승 신부들과 신유박해 때 치명한 순교자들의 자녀들이 대거 희생되었다. 기해박해는 1838년부터 1841년까지 3년 사이에 교우 1백30여 명의 치명자를 낸 비극이었다. 그 가운데 참수형을 받은 교인이 54명이었고, 옥에서 목매어 죽고, 매 맞아 죽고, 병들어 죽은 교우가 60여 명에 이른다. 그 가운데 배교자도 있었지만 죽을 때, 통회를 절실히 하고 죽었기에 그들 역시 치명자들이다.

천주교 교우촌은 뿌리째 뒤집혀 폐허로 변했다. 집주인들이 칼날에 쓰러지고 옥고를 치르거나 귀양 간 사이에 조선의 관군들은 교우들의 재산을 약탈하고, 젊은 아녀자들을 농락했으며, 노비로 삼았다. 세월이 흘러서 조선은 1866년부터 쇄국과 천주교 탄압으로 악명 높은 대원군이 정계에서 물러난 1876년까지 10년 사이에 8천여 명의 천주교인들이 병인박해로 희생이 되었다. 당시 천주교인의 수가 2만 3천 명이었던 것을 보면 3분의 1이나 되는 교우들이 처절한 피를 흘린 것이다. 조선시대에 시체를 내보내던 서울 중구 광희동의 광희문에는 대원군이 학살한 천주교인들의 피가 밤새 도랑처럼 콸콸 흘렀다는 뒷이야기가 전해지고 있다.

마카오의 신학교

앵베르 주교와 모방, 샤스땅 세 신부와 함께 김대건 신부
의 아버지 김제준 이그나시오가 순교한 1839년 9월 당시
김대건 신부는 18세의 나이로 마카오의 신학교에서 유학
중이었다. 유학생 김대건이 최양업, 최방제와 함께 중국 신
부 유방제를 따라 한양을 떠난 것은 1836년 12월이었으니
까 그 해가 마카오 유학 생활 3년째가 되던 해였다. 김 신
부는 고국의 박해 소식을 뒤늦게 전해 들었다.

소년 김재복은 15살에 중국의 유방제 신부와 안내자들
을 따라 한양을 떠나서 고양, 파주, 송도, 평양을 거쳐서 의
주에 도착했다. 의주에서 은밀히 얼어붙은 압록강을 밤으
로 건너, 중국의 구연성과 책문까지 도착하는 데 거의 1개
월이 걸렸다. 거기까지가 조선의 북경 동지사들이 으레 이
용하던 길이었다. 가장 고통스러운 일은 칼날처럼 매서운
북풍의 추위를 견디는 일이다. 그것도 불법 출국이어서 책
문 통과가 어렵기 때문에 국경 수비대의 눈을 피해 험한 길
만 골라서 국경을 넘어야 했다. 잘못해서 국경 수비대에게

걸리면 무조건 처형되는 것이 조선의 법이었다. 만주의 구연성까지는 북경으로 가는 상인들이 밤에는 모닥불을 피우고, 횃불로 이동하는 사람들도 많다.

만주 지역에는 쉬어갈 주막도 없고, 마을도 없다. 여행객들은 모두 노숙할 수밖에 없다. 그들은 땅에 큰 구덩이를 파고 그 위에 널빤지를 깔고 숯불을 피워 임시 구들을 만든다. 널빤지 위에는 장막을 치고 바람을 막아 잠을 자야 한다. 그와 같은 노숙은 몽골 유목민들의 방식이지만 여행객들에게 널리 쓰였다.

그게 아니면 들판이나 계곡에서 겹 장막을 치고 모닥불 앞에 둘러앉아 호랑이나 늑대를 쫓기 위해 모두 입을 모아 천하성 함성을 워어이! 워어이! 하고 목청껏 질러대야 한다. 그때 큰바람이 불고 폭설이 오면 큰 재난을 당하게 된다. 북경으로 가는 동지사들이나 상인들은 폭설에 갇혀 죽는 사고가 자주 있었다. 유방제 신부와 소년 신학생 후보들은 험한 만주 땅을 넘어서 랴오둥반도를 거친 후에, 계속 남쪽으로, 남쪽으로 발길을 재촉했다. 오늘날에는 인천공항에서 마카오까지 항공편으로 3시간 40분이면 거뜬히 도착하지만, 당시 소년 김대건은 만주와 중국을 걸어서 횡단하는 데 6개월이 걸렸다. 그들이 마카오에 도착한 날은

1837년 6월 7일 초여름이었다. 마카오는 지금 중국 광동성 서쪽에 위치한 인구 55만의 현대 도시다. 본래 16세기까지는 포르투갈령이었다가 1999년 중국 특별 행정지구로 바뀌었다. 김대건 일행이 도착했던 당시의 마카오는 가난한 회색빛의 중국집들이 빼곡하게 들어찬 인구 2만여 명의 작은 도시에 불과했지만, 포르투갈의 지배를 받던 당시의 총독 관저나 유럽식 성당과 상점들이 들어선 유럽식 도시는 이국적 풍치와 함께 동양의 첨단 유행 도시였다.

유럽의 국제무역상이나 선교사들이 마카오에 오려면 멀리 남아프리카의 희망봉을 돌아서 거친 바다의 풍랑을 극복하고 수개월에 걸려서 인도의 고아에 도착해야 한다. 당시 중국에 가려면 반드시 마카오를 거쳐 가야 했다. 프랑스에 본부를 둔 파리 외방전교회의 선교사들은 모두 마카오로 모였다가 동양의 각지로 파견되었다. 마카오는 동양 선교의 중심 무대였다.

지금도 마카오에는 1587년대에 지은 중국 최초의 성 도미니크 성당이 남아있고, 1580년대에 지은 성 바울 성당은 유적지만 남아있다. 특히 1560년대에 지은 성 안토니오 성당은 훗날 재건축이 되었지만 김대건 신부가 신학 공부를 하던 성당이다. 이 성당의 작은 별실에는 지금도 한복차림의 김대건 신부 목상이 안치되어 있다.

당시 마카오의 파리 외방전교회 경리부는 세 명의 조선 유학생을 맞아서 「조선신학교」를 별도로 설립하고, 파리 외방전교회 칼레리 신부를 교장으로 임명했다. 소년 김대건 일행이 도착한 후, 두 달 만인 8월에는 마카오에서 내란이 일어나서 파리 외방전교회는 모두 필리핀의 마닐라로 잠시 피난을 떠났다가 늦가을이 되어서야 마카오로 다시 돌아올 수 있었다.

1837년 11월 27일은 김대건과 최양업 신학생에게는 가장 슬픈 밤이 되었다. 조선에서 마카오까지 생사고락을 나누며 함께 왔던 최방제 프란치스코가 위 열병으로 세상을 떠났기 때문이다. 그동안 최방제는 낯선 남방의 기후에 잘 적응하지 못한 데다가 병원 치료도 적절하게 받지 못했고, 과로와 피로가 누적되어 건강이 급격히 악화되어 그 같은 불행을 맞게 되었다.

먼 이국땅에서 서로 형제처럼 격려하고 의지했던 친구를 잃은 김대건과 최양업의 절망과 슬픔은 너무 컸다. 셋이 함께 손에 손을 잡고 조선을 떠났을 때는 모두 사제서품을 받고 조선교회의 기둥이 되겠다는 결의와 각오를 다졌던 사이였다. 그럼에도 불구하고 두 사람은 좌절하지 않고, 더욱 열심히 노력해서 최방제가 못 이룬 사제의 꿈을 이루어 귀향할 것을 다짐하고 맹세했다.

"부디 잘 가게. 최 프란치스코 형제여! 먼 훗날 천국에서 우리 다시 꼭 만나기를 바라네."

김대건과 최양업은 그렇게 친구를 떠나보냈다. 최방제 프란치스코의 유해는 마카오의 성 미카엘 경당이 있는 외국인 묘소에 합장되었다. 그해에는 마카오에서 다시 내란이 일어나서 두 신학생은 다시 피난을 떠나야 했다. 두 번째 피난처는 필리핀 마닐라의 도미니코회가 운영하는 볼롬베이 농장이있다. 그곳에서 그들의 신학 공부는 계속되었다. 그즈음 신학생 김대건 역시 기후와 열악한 환경에 적응하지 못하고 자주 복통과 두통을 앓았다. 김대건 신학생은 주로 신장이 나빴던 약골 체질로 알려졌다. 최방제를 잃은 신학교 측에서는 김대건 신학생의 건강에 크게 걱정했지만 그는 대담한 정신적 의지로 병을 극복하는 한편 열심히 학업에 정진해서 신학생들의 모범이 되었다. 훗날 신학생으로서의 김대건을 평가하는 증언 기록을 모아보면 신학생으로서의 김대건은 많은 기대와 선망을 받았다. 조선의 제2대 앵베르 주교는 김대건 신학생을 이렇게 평가했다.

「김 안드레아는 중국어 실력이 본토인들 못지않게 능통했으며 라틴어와 프랑스어 실력도 뛰어났다. 그는 순교자의 집안에서 자란 후손답게 위기 때마다 침착하게 대처하는 모습이 무척 인상적이었다. 누구든 그의 태도를 본받을만하다고 여겼다.」

영국의 해군 장교 포버의 말이다.

「신학생 김대건은 여러 나라의 말을 구사하는 재능이 특별히 뛰어난 학생이었고, 지식과 교양을 두루 잘 갖춘 조선 청년이었다.」

김대건 신학생이 통역관으로 근무하던 당시 프랑스의 에리곤호 세실 함장은 이렇게 말했다.

「김대건은 나와 5개월쯤 통역관으로 함께 지냈지만 늘 품행이 단정했고, 남에게 늘 친절한 청년이었다. 그의 지성과 용기를 보면서 훗날 그가 큰 인물로 성공할 것이라는 생각이 들었다.」

그들 몇 사람들의 증언만 들어봐도 김대건의 성품과 기질은 충분한 짐작이 가능하다. 그는 이웃들과의 대인관계가 무척 좋았던 것으로 알려졌다. 두 조선 신학생은 마카오에서 주로 신학교 교장인 칼레리 신부의 개인지도를 받았지만, 김대건은 특별히 파리 외방전교회 경리부의 르그레주아 신부로부터 특별한 사랑과 관심을 받았던 것으로 알려졌다. 르그레아 신부의 후임 리바 신부도 김대건과 각별한 개인적 친분을 쌓았다는 것은 훗날 김대건이 그에게 쓴 편지에서 잘 드러나고 있다. 김대건은 매스트르 신부로부터 받은 교훈 가운데 가장 기억에 남는 한 마디가 삶의 지표가 되었다.

「무슨 일이든 취미로만 하지 말고. 강한 의무감을 갖고 해야 한다. 그 대신 의무감을 갖고 해야 하는 일들 역시 취미처럼 열심히 재미있게 집중해야 한다.」

그는 신학생 시절에 그 말을 늘 가슴에 새기며 살았다. 김대건은 마카오 신학교에서 라틴어와 신학은 필수과목으로 공부할 수 있었지만 특별히 시메옹 베르뇌 신부로부터는 개인적으로 철학을 배운 각별한 스승과 제자의 관계였다. 시메옹 베르뇌 신부는 훗날 조선의 제3대 페레올 주교에 이어 제4대 조선교구 주교가 되었지만, 그는 마카오 신학교 시절에는 김대건 신부의 교수 신부였다.

시메옹 베르뇌 주교[1]는 조선의 대원군집권 시절에 2만여명의 천주교 신자와 11명의 프랑스 신부를 거느린 막강한 조선교회의 조직과 파워를 앞세워, 조선을 통상수교 거부 정책으로 끌고 가던 대원군과 맞서 싸운 주교였다. 그는 대원군으로부터 조선교회를 철폐할 것과 출국 명령을 받았지만, 대원군의 막강한 권력을 단호하게 거부하고 강력하게 싸운다. 한때 그는 의금부에 수감 중에 심문관이 그에게 한가지 제의를 했다.

"당신이 본국으로 돌아가기만 한다면 당신을 죽이지 않고 석방할 것이오. 내 말대로 그렇게 하겠소?"

그러자 베르뇌 신부는 의연하게 말했다.

"난 조선에 온 후로 천주교를 전하면서 꽤 많은 교우와 만나서 이 땅에 사는 기쁨이 너무 커져서 이제는 고향으로 돌아갈 맘이 별로 없소이다. 그저 날 여기서 그대로 살게만 해준다면 큰 다행이오만…"

그는 끝내 대원군의 제안을 거절하고 병인년 박해 때 서

---

1 베르뇌 주교: 한국 이름은 장경일이다.

소문에서 참수 순교한다. 그가 그저 조선에서 죽지 않고 살
게 해주기를 바라던 그의 애절한 한 마디가 가슴에 와닿는
다.

커다란 종이호랑이

1840년에서 1842년까지 2년에 걸쳐서 영국과 청나라는 전쟁을 치렀다. 청나라의 황제 선종은 당시 영국 상인들의 무차별한 아편 밀수로 인한 피해를 막기 위해 중국전 역에 아편 금지령을 선포했다. 당시 아편 밀수로 막대한 돈을 벌던 영국의 상인들에게는 날벼락이나 다름없었다. 청나라 정부의 강력한 조치에도 불구하고 청나라의 아편 중독자는 거의 2백만 명이 넘는 위험한 상황에 이르렀다.

도대체 영국은 중국인들은 모두 아편 중독자로 만들어 버릴 작정이란 말인가? 청나라 정부는 영국 상선들의 아편 밀수 단속에 한계가 있었다. 청나라가 영국에 대한 불만과 적개심을 갖게 된 것은 당연한 일이었다. 마침내 인내심의 한계에 도달한 청나라 황제 선종의 분노가 터졌다. 선종은 내각 대신 임칙서를 광둥에 파견하여, 영국 상인들이 창고에 보관 중인 아편 2만 상자를 강제로 불태우고, 영국 아편 밀수업자들을 과감하게 처형했다.

청나라 정부로서는 비도덕적이고 부당한 영국 상인들에

대한 보복적 응징이었지만 영국 정부 입장에서는 청나라의 영국에 대한 초강수 도발이나 다름없었다. 영국이 그 사태를 가만두고 볼 리가 없었다. 세계 최강의 군사력을 가진 영국은 그동안 중국의 대국주의 오만과 통상수교 거부정책에 불만과 비판이 고조되던 중이었다.

그래? 청나라는 대영제국을 우습게 보고 있구나. 사전 통고 한마디도 없이 영국인 창고를 불태우고 영국인들을 처형하다니. 어디 한 판 붙어보자는 뜻이군. 곧이어 영국 의회는 중국의 도발 문제를 놓고 매파와 비둘기파들의 찬반이 팽팽하게 엇갈렸다. 영국 정부가 대놓고 영국의 불법 밀수꾼을 보호해서는 안 된다는 비둘기파와 이번에 중국을 따끔하게 손 봐줘야 한다는 매파가 갈렸다.

당시 영국 의회의 비둘기파 글래드스턴 의원은 청나라와의 전쟁에 강력히 반대하는 의회 연설을 했다. 당시 그의 연설은 훗날까지 영국의 자존심과 젠틀맨 십을 보여준 명연설로 유명해졌다.

「나는 영국의 유니언잭이 참으로 낯 뜨거운 아편의 밀무역 업자들을 보호하기 위해 중국 연안에서 깃발을 펄럭거리고 있는 것이 참으로 부끄럽습니다. 나는 늘 영국의 유니언잭을 보면서 느꼈던 그 자랑스러움과 벅찬 감동이 내 마음에서 더 이상 참담하게 사라지지 않기를 간절히 바라면서 이번 전쟁을 강력히 반대합니다.」

그의 정당한 연설에도 불구하고 결국 영국 의회는 9표 차이로 아편전쟁을 승인하고 만다. 영국은 그해 11월에 막강한 해군력을 바탕으로 청나라의 광둥을 봉쇄하고, 중국 연안 도시에 일제히 포격을 개시했다. 그와 동시에 영국 해병은 중국의 주산도와 홍콩을 속속 접수하면서 파죽지세로 영파, 상해, 오송, 진산 등 청나라의 모든 주요 해안 도시를 순식간에 군사적으로 장악해버렸다.

중국군은 영국군의 화력과 최신무기에 속수무책이었다. 영국의 최신무기가 얼마나 무서운 줄을 미처 몰랐던 것이다. 특히 영국은 양쯔강 운하를 점령하고 중국의 허리를 반토막으로 잘라서 청나라의 군수지원을 차단함으로써 청나라군에게 치명적인 패배를 안겨주었다. 영국은 마침내 난징(남경)함락을 코앞에 두고 있었다. 세계 최강의 군사력을 자랑하던 청나라군은 영국군 앞에서 제대로 한번 싸워보지도 못한 채, 전선마다 무너지고 또 무너지면서 청나라 황제 선종은 마침내 영국에 백기를 번쩍 들고 말았다.

오늘날에도 중국의 대국 기질은 그와 다르지 않지만 그 당시 하늘 무서운 줄 모르고 높았던 중국의 콧대는 납작 꺾였다. 마침내 중국은 1842년 8월 29일의 굴욕적인 난징조약을 통해 영국에 홍콩의 식민지 통치권을 넘겨주었으며, 영국에게 그동안의 전쟁 비용을 배상해야 했으며, 통행을 금지한 6개 항구에 대한 자유 통행권을 영국에게 허락했다. 사실상 통상수교 거부정책의 포기였다.

그 아편전쟁이 조선천주교에는 뜻밖에 좋은 기회가 되리라고는 예상치 못했던 일이었다. 유럽에서 영국의 라이벌이던 프랑스는 영국과 청나라전쟁을 강 건너 불구경을 하고 있다가 영국이 청나라에 대승을 거두자 소스라치게 놀랐다. 유럽에서 영국의 위상은 하늘을 찔렀을 뿐만 아니라, 영국이 챙긴 전리품도 부러웠다.

그 후부터 프랑스는 슬슬 동양 쪽으로 눈을 돌려볼 생각을 갖게 된다. 동양에는 청나라만 있는 것이 아니다. 조선도 있고, 일본도 있다. 영국이 나머지를 다 독식하기 전에 우리도 빨리 나서야 한다. 프랑스의 동양 진출은 영국의 승리가 자극이 되었지만 어디서나 선수를 빼앗긴 후에는 별재미를 못 보는 법이다.

중국이 그동안 단단히 잠가 두었던 빗장 문은 아편전쟁으로 인해 크게 열리면서 서양 세력들이 중국으로 물밀듯 들어가기 시작했다. 중국은 오랜 통상수교 거부정책을 포기하고 어쩔 수 없이 문을 열었다. 서구 세력의 진출로 서양 문화가 중국에 들어가면서 천주교회의 선교활동도 활발해지기 시작한 계기가 되었다.

1842년 아편전쟁 당시에 조선 역시 철벽의 문을 굳게 닫아건 통상수교 거부정책이 계속되고 있었다. 프랑스 황제 루이 필립은 뒤늦게 동양에 프리깃 전함 에리곤호와 파보리트호 2척을 파견했다. 영국처럼 군사력을 통해 일본과 조선에서 무역 이권을 챙기겠다는 의도였다.

그중 세실 함장이 지휘하는 에리곤호는 마카오에 정박한 후에 동아시아의 여러 국가와 무역 통로를 개설할 것을 목표로 삼았다. 그 대상 국가에는 조선과 일본이 포함되어 있었다. 우선 세실 함장은 1842년 2월에 마카오 주재 파리 외방전교회 경리 부장 리바 신부를 통해 동양권 신학생 중에서 조선 통역관 한 명을 요청했다.

"에리곤호가 조선에 들어갑니까?"

"그렇습니다."

리바 신부는 세실 함장의 말을 듣고 무릎을 쳤다.

"우리 신학교에는 뛰어난 조선 통역관이 한 명 있소."

"중국어도 합니까?"

"조선어는 물론이고 중국어와 프랑스어도 뛰어납니다."

"그러면 됐습니다. 그 학생을 통역관으로 쓰겠습니다."

조선교구는 오래전부터 파리 외방전교회 소속이지만 여러 해 동안 소식이 중단된 채 캄캄한 상황이 계속되고 있었다. 조선에 파견된 선교사는 앵베르 주교와 모방, 샤스탕 신부도 모두 파리 외방전교회 소속 선교사들이었다. 마카오의 리바 신부는 조선교회와의 소통을 간절히 원하던 차에 세실 함상의 세안이 너무 반가웠다.

리바 신부는 곧바로 김대건 안드레아를 세실 함장에게 통역관으로 추천하고, 조선 신학생 지도신부였던 매스트르 신부를 에리곤호에 태워 조선 입국에 동행할 수 있도록 주선했다. 매스트르 신부는 본래 파리 외방전교회 소속 보좌 신부였다. 그는 베르뇌 신부와 함께 프랑스를 떠나 1840년 1월 8일 마카오에 도착한 후에 대기발령 중이었다. 베르뇌 신부는 통킹(하노이)으로 발령받고 곧 떠났지만, 매스트르 신부는 마카오의 파리 외방전교회에서 경리부의 일을 맡는 한편, 중국과 조선의 신학생 교육을 담당하는 중이었다. 당시 마카오 신학교에 임시 교수직에 있던 신부들은 리바, 칼레리, 르그레주아, 데플레시, 베르뇌와 매스트르 신부 등이 성서와 라틴어, 프랑스어를 가르쳤다. 그 시기에 몽골에 체류 중이던 페레올 신부와 합류하기로 되었던 브뤼니에르 신부와 최양업은 프랑스 전함 파보리트호에 타도록 배정되었다. 훗날 리바 신부의 편지에는 김대건과 최양업 두 신학생 가운데 김대건이 세실 함장의 통역관으로 추천하게 된 이유가 나와 있다.

「매스트르 신부가 김대건을 지 그 배의 서양 의료진들로부터 진찰을 받아볼 수 있을 것이라는 기대가 컸기 때문이었습니다. 다행히도 의사들은 김대건을 진단한 결과 단지 심한 감기 증세가 오래 계속되는 중이라고 해서 약의 처방을 받을 수 있었습니다. 김대건 신학생은 그 약을 먹고 치료 효과가 컸다고 들었습니다. 세실 함장이 조선 학생의 통역관을 추천 의뢰한 것은 어쩌면 어려운 처지에 놓여있는 조선교회의 활로를 찾고 조선의 선교활동을 돕기 위해 하느님이 주신 좋은 기회라는 생각이 들었습니다.」

그즈음 영국과 청나라의 아편전쟁은 거의 마무리되어 가고 있었다. 당시 21살의 청년 신학생 김대건은 에리곤호

선상에서 조국으로 귀국하는 희망에 잔뜩 부풀어 올라 있었다. 비록 아직은 신학생의 신분인 데다가 서품받기에는 너무 이른 나이였지만 지금은 위기에 빠진 조선교회를 구하는 일이 급선무였다.

프랑스 배를 타고 서양 선교사와 함께 조선에 들어가는 일이라면 앞장서서 그 일을 수행하고 신부님을 보필해야 한다. 이번에 에리곤호가 조선에 들어가서 교역 협상이 잘 이루어지면 프랑스와 조선은 중국과 영국처럼 무역항과 항로가 개설될 수 있다. 만일 좀 더 기대치를 높인다면 제물포항은 청나라의 상해처럼 국제항구로 발전할 수도 있다. 그래서 서양 선교사들도 상해에서처럼 자유롭게 조선을 드나들 수도 있게 될 날이 올 수도 있을지 모른다. 한양에도 북경이나 마카오처럼 높고 아름다운 종탑을 가진 성당이 세워지고, 조선의 한양에서도 아침저녁으로 미사의 종소리가 들릴 수 있으면 얼마나 좋겠는가. 현대식 천주당에는 제대도 만들고 십자가상에 못 박힌 예수의 고상을 걸어놓고, 벽면에는 큰 감실을 만들고, 선계의 구름 속에 서 있는 아름다운 성화들을 걸어놓고, 12처에는 조각상들이 줄지어 걸릴 것이다.

프랑스 함선 에리곤호와 피브리트호가 조선에 그런 꿈을

실현해줄 기회가 되기를 바랄 뿐이었다. 김대건 신학생은 5년 동안 신학과 어학을 가르쳐주고 깊은 사랑과 후원을 아끼지 않았던 스승 신부들과 이별하는 일이며, 함께 동고동락했던 다른 신학생들과 헤어지는 일과 마카오를 떠나는 일이 아쉽긴 했다. 마카오를 떠난 에리곤호는 곧바로 조선을 향해 가지 않았다. 항해 일정은 처음부터 필리핀의 마닐라를 경유하게 되어 있었다. 김대건 신학생은 마닐라에 도착하자마자 마카오에 있는 르그레주아 신부에게 안부의 편지를 썼다. 그 편지가 김대건 신학생이 마카오에 처음 쓴 편지로 남아있다.

「르그레주아 신부님, 저는 마닐라에 무사히 도착했습니다. 여기서 출항 준비를 마치면 2월 말경에는 배가 조선을 향해 떠나게 됩니다. 저도 매스트르 신부님께서도 항해 생활에 잘 적응하고 있으니 걱정하지 마시기를 바랍니다. 마카오를 떠난 후로는 프랑스어 공부를 전혀 할 수가 없었습니다. 다른 중요한 일들은 경리부 신부님께서 잘 알려드릴 터이니 제가 여기에는 따로 쓰지 않겠습니다. 최양업은 마카오에 혼자 남아있습니다. 신부님께서 저를 위해 기도해주십시오. 저도 기도드리겠습니다. 내내 안녕히 계십시오.」

1842년 3월 10일 마침내 에리곤호는 조선을 향해 마닐라를 출발했다. 조선으로 항로를 잡기 전에 에리곤호는 대만이 중간 기착지가 되었다. 그곳은 목초지가 울창하고 땅이 비옥해 보였다. 부두에서는 어민들이 생선을 팔려고 배 곁으로 다가왔지만 대만인들의 말은 중국의 북경 말과 달라서 통하지 않았다. 함선 에리곤호는 대만을 출발해서 중국의 주산도에 도착한 후에 그곳에서 2개월 동안이나 더 머물렀다. 그 시기는 영국과 청나라이 협상 중이었다.

에리곤호의 세실 함장은 청나라의 전쟁 흔적과 영국의 협상 과정을 지켜보기 위해 난징까지 내륙으로 더 깊이 들어갈 계획이었다. 신학생 김대건이 탄 에리곤호도 영국 군함 20척과 합류하여 양쯔강을 따라 나흘간의 작전에 동행했다. 중국의 보산과 오송을 지나는 동안, 강변 도시의 시가지들은 폭격으로 폐허로 변해 있었다.

김대건은 영국함대의 함포사격으로 파괴된 도시의 처참한 광경들을 처음 목격할 수 있었다. 에리곤호는 강의 수위가 점차 낮아지면서 더 이상 항해가 불가능해졌다. 세실 함장은 에리곤호를 세우고, 중국 배를 빌렸다. 통역관 김대건과 사공 4명은 빌린 배를 타고 엿새 동안 걸려서 난징에 도착했다. 난징도 포격으로 도시가 폐허로 바뀌어 있었다. 건

물들은 무너져 내렸고, 거리는 악취로 숨이 막혔다. 도시는 텅 비어 있었다. 미처 피난을 떠나지 못한 사람들은 외국 배를 보자 몸을 재빨리 피했다. 세실 함장과 김대건은 난징에서 영국과 청나라의 대표들이 강화조약을 체결하고 있는 동안, 시내 거리의 이곳저곳을 시찰했다. 김대건 통역관이 에리곤호를 타고 떠난 직후에 마카오에 있던 최양업이 파보리트호 함선을 타고 떠나기로 되어 있었지만 그 배 역시 출발을 미루고 마카오에 남아있었다. 최양업 신부가 마카오에 혼자 남아있던 심경을 쓴 편지가 있다.

「제 유일한 친구이자 사랑하는 김대건 안드레아와 매스트르 신부님은 프랑스 에리곤호를 타고 떠났습니다. 그 배는 조선으로 직접 가지 않고 마닐라를 거쳐서 간다고 들었습니다. 김대건이 떠난 후에 나는 마카오에 혼자 남아서 외로운 나날을 보내고 있습니다. 조선에서는 여전히 소식이 없습니다. 저도 브뤼기에르 신부님을 모시고 파보리트호로 조선을 향해 갈 계획입니다. 우리는 에리곤 호가 양쯔강에서 돌아올 날만 기다리고 있습니다.」

김대건 통역관이 난징 방문을 마치고 에리곤호로 돌아왔

을 때 뜻밖에도 브뤼기에르 신부와 최양업은 파보리트 호로 오송 항구에 도착해서 머물고 있었다. 그들은 뜻밖에 재회로 기쁨을 나누었지만 곧바로 절망에 빠졌다. 프랑스 함선들이 항구에 닻을 내린 채, 조선 항해를 무기한 연기했기 때문이었다. 에리곤 호의 세실 함장은 매스트르 신부에게 출항이 불가능하게 된 이유를 친절하게 설명해주었다.

"우리도 조선에 가고 싶지만 지금 우리 해군 중에는 환자들이 너무 많이 발생해서 치료가 급하게 되었습니다. 더구나 항해 일정이 너무 짧게 잡혀서 조선에 꼭 간다고 장담할 수가 없게 되었습니다. 혹시 조선으로 가는 항해 도중에 역풍이 불게 되면 우리는 바람을 따라 다시 마닐라로 항로를 변경할 수밖에 없습니다. 그래도 저희 배를 계속 타시겠다면 어쩔 수 없습니다만 지금은 미리 그 사정을 말씀드리는 것이니 마음에 결정을 해두십시오."

배의 행선지를 정확히 정하지도 않고, 목적지가 항해 도중에 바뀔 수 있다는 말을 듣고도 그 배를 탈 승객은 없다. 결국 에리곤호와 파보리트호는 조선에 가겠다는 의지가 없었다. 배가 행선지를 정하지 않으면 항로도 없어진다. 바람의 요행만 믿고 항로를 결정하는 군함이 어디 있단 말인가. 프랑스 함선의 전략을 잘 알 수 없었지만 세실 함장은 난징

을 시찰하고 난 후로 조선에 무역항을 개설할 의지가 없어
진 것이 확실했다. 양쯔강을 지나면서 폐허로 변한 도시의
처참한 상황을 보면서 세실 함장은 상대 국가들을 저렇게
파괴하는 전쟁을 치르지 않고서는 남의 나라와 통상조약을
체결할 수 없다면 단지 프랑스 함선 두 척만으로 쇄국을 고
집하는 조선과 일본을 당해낼 수 없을 것이라는 판단도 했
을 것이다. 결국 세실 함장의 말은 조선행을 포기하는 변명
에 불과했다. 마침내 매스트르 신부와 브뤼니에르 신부, 김
대건과 최양업 네 사람은 프랑스 함선에서 내렸다. 그들은
거기서 중국 배를 얻어 타고 요동 반도를 향해 떠났다. 그
때가 1842년 10월 23일이었다.

국경에서 만난 밀사

만주에 머물러 있던 페레올 신부는 조선의 정세를 알아보기 위해 1843년 11월 7일에 중국 교우들을 변문에 보냈다. 그때가 조선의 북경 동지사가 만주 변문을 통과하는 시기다. 중국 교우들은 만주 변문을 다녀온 후에 몇 사람을 거쳐서 들은 소문을 전해주었다.

조선에서는 최근 서양 선교사들이 관가에 잡혀서 목이 잘렸으며, 그들을 조선에 안내한 역관들도 모두 처형되었다는 것이다. 그 소문이 사실이라면 조선에서 오던 선교사들의 편지와 역관들이 전하던 소식이 두절된 이유가 확실해졌다. 페레올 주교에게는 슬픈 소식이었다. 훗날 페레올 주교가 파리 외방전교회의 신학교 교장에게 보낸 편지를 보면 당시 제3대 조선 교구장 보좌주교였던 페레올 주교가 만주에 머물러 있던 불편한 심기가 잘 나타나 있다.

「저는 이미 3년째, 가련한 두 조선인 신학생과 함께 입국의 기회가 오기를 기다리고 있습니다. 적어도 금년 말까지는 저희에게도 입국의 문이 열릴 것이라 믿고 있습니다. 우리는 결국 위험한 조선 땅을 밟게 되겠지요. 전임 조선교구의 주교님은 병으로 입국도 못 한 채, 만주에서 돌아가시고, 제2대 앵베르 주교님은 조선에 입국한 지, 1년 8개월 만에 체포되어 참수당하셨다는 소문을 듣게 되었습니다. 저는 앵베르 주교님의 뒤를 이어 제3대 조선 주교가 되어야 할 보좌주교지만 아직도 조선에 입국조차 못 하고 있는 형편입니다. 조선에서는 주님의 말씀을 전하러 들어간 서양 선교사들은 무조건 잡아다 목을 베는 나라입니다. 따라서 저 역시 오직 주님을 방패로 삼아서 위험한 조선교구로 들어가야 합니다. 선교활동에 익숙하지 못한 제가 엎드려 비는 것은 주님께서 제 약한 마음을 돌보아 주시어 강하게 만들어 주시고, 제 어깨의 무거운 짐을 짊어지고 잘 견딜 힘과 용기를 주십사 기도하는 일밖에는 없습니다. 저는 주님의 십자가가 저에게 주실 가장 귀중한 영광의 날을 기꺼이 받아들일 것을 스스로 다짐하면서 지금도 기도드리는 중입니다.」

페레올 주교는 편지로 자신이 조선교구 제3대 주교가 된 비장한 각오를 드러냈다. 페레올 주교가 말하는 귀중한 영광이라는 말은 천주교 신자가 죽음을 통해서만 얻을 수 있는 거룩한 순교의 은총을 말한다. 페레올 주교는 우리가 깊은 침묵의 명상과 기도를 통해서만 깨달을 수 있는 세계가 바로 하느님의 신비스러운 계시 안에 깃들어 있다는 것을 깨닫고 있었다. 그것이 천주교인들에게는 가장 큰 은총의 기회가 되기 때문이다.

페레올 주교와 김대건 신학생은 조선에서 앵베르 주교의 편지가 두절되고 북경 사신단 가운데 조선 밀사들이 자취를 감추게 된 이유를 소문을 통해서 어렴풋이나마 짐작하고 있었지만 그 소문의 진상을 좀 더 확실히 확인할 필요가 있었다. 어떤 사건도 확인되지 않은 소문만으로 그 현실을 그대로 인정할 수는 없었다.

페레올 주교와 매스트르 신부는 김대건과 함께 마침내 조선 입국을 감행하기로 결단을 내렸다. 결행 날짜도 12월 20일로 잡아놓았다. 그러자 만주 교구의 베롤 주교가 그들의 결심에 제동을 걸었다.

"그런 무모한 결행을 왜 하시려고 합니까. 지금 우리는 조선에 파견된 선교사들의 비극적인 소문들을 전해 듣고 있는 상황입니다. 특히 조선의 국경선은 경비가 더욱 강화되고 삼엄해졌습니다. 지금 우리는 조선에 실제로 어떤 일이 일어났는지조차 제대로 파악하지 못하고 있습니다. 더구나 조선의 교우들과는 사전에 입국 날짜를 약속해둔 것도 아닙니다. 그런 형편에 무조건 입국하겠다고 나서는 것은 마른 풀을 짊어지고 불 속으로 뛰어들겠다는 말과 다를 바 없습니다. 특히 페레올 신부님과 매스트르 신부님은 아무리 변장을 완벽하게 해도 푸른 눈과 머리 색깔을 감출 방법이 없습니다. 제 생각에는 먼저 조선이 김대건 안드레아가 먼저 입국한 후에 그곳의 자세한 정세를 먼저 확실히 파악한 다음, 페레올 신부님의 입국도 조선 교우들의 도움을 받아서 대책을 잘 세워서 입국해야 합니다. 조급하게 결정하시면 안 됩니다. 서두르지 마시고 시기와 방법을 가려서 계획을 잘 세워서 실행해야 합니다. 그래야 모두 안전하게 조선에 갈 수가 있습니다."

그들은 페레올 주교의 조언을 받아들였다. 페레올 주교도 김대건 신학생이 먼저 조선에 입국해서 교우들과 입국 대책을 세우기로 했다. 마침내 그해 12월 23일 김대건은 중국인 교우 두 명을 데리고 조선을 향해 길을 떠났다. 그들이 변문을 20여 리 앞두고 있을 때, 김대건은 때마침 조선의 북경 동지사[1]들의 행렬들을 목격했다.

---

1 동지사(冬至使): 조선에서 겨울에 중국 북경에 파견하는 사절단.

이것은 하느님이 내려주신 행운이다. 북경 동지사는 일부러 만나려고 애쓰거나 기다려도 만나기 어렵다. 세상에는 우연한 행운이란 없는 법이다. 그런 행운은 주님의 은총뿐이다. 김대건은 동지사 일행들에게 바짝 다가가서 허리춤에 찬 호패를 하나씩 유심히 살피기 시작했다. 어쩌면 그들 중에는 역관이 있을 것이다.

지금까지 천주교인 동지사 역관은 유진길이 도맡아왔다. 그를 만난다면 그동안 항간에 떠돌던 무서운 소문의 진실은 거짓으로 판명될 것이다. 혹시 유진길을 못 만난다고 해도 조선교회에서는 이번에 누군가 밀사를 은밀히 파견했을 것이다.

유진길은 김대건이 한양에서 최양업 최방제와 함께 유학 준비를 할 때의 중국어 스승이었다. 유진길은 북경 동지사에 역관으로 참가해서, 북경교회에서 사제로부터 직접 세례를 받았다. 그는 북경과 한양을 무려 8차례나 왕래하면서 정하상, 남명혁과 함께 중국 신부 유방제, 모방 신부, 샤스탕 신부, 앵베르 주교를 입국시킨 큰 공을 세운 분이었다. 바로 그 순간 김대건의 눈에는 낯익은 얼굴 하나가 눈에 들어왔다. 그는 깜짝 놀라서 그에게 불쑥 물었다.

"댁은 교우가 아니시오?"

그 순간 낯익은 얼굴은 깜짝 놀라 주위부터 먼저 살폈다.

"그렇소이다만… 댁은 뉘신데 그런 걸 묻는 거요."

"본명이 무엇이오?"

"김 방지거요."

김 방지거(프란치스코)라면 그분이 맞다. 두 사람이 눈빛을 딱 마주치는 순간 하느님이 도왔는지 김대건은 그의 낯익은 얼굴을 한양의 유진길 댁에서 본 적이 있었던 기억이 났다.

"제가 오래전에 김 방지거 형제님을 역관 댁에서 뵌 적이 있습니다만 혹시 저를 기억하시겠습니까?"

"뉘신데 날 보았다는 거죠?"

"저는 김대건입니다. 최양업, 최방제와 유방제 신부님 댁에서 신학 공부를 하던… 제가 바로 골배마실에서 온 김대건입니다."

"아니, 그럼 당신이 김대건?"

"제가 누군지 아시겠지요?"

그 순간 김 방지거의 얼굴빛이 활짝 펴지면서 손을 와락 잡았다.

"맞습니다. 접니다."

김대건이 그의 귀에 가까이 대고 나직이 말했다. 그 순간

둘이는 화들짝 놀라며 서로 와락 얼싸안았다. 세월이 흐르는 동안 앳된 소년 김재복은 22살의 건장한 청년이 되어 나타났다. 그의 옷차림이며 행색이 중국인 같아서 알아볼 수가 없었다.

김 방지거는 이웃의 도움을 받아 유진길이 드나들던 북경 동지사의 짐꾼으로 뽑혀서 지금은 유진길 대신 조선의 밀사로 북경 동지사 행렬에 겨우 끼어들었다. 그가 그동안 꽉 막혀있었던 조선교구의 소식을 듣고 이번 북경 동지사에 밀사로 가던 길이었다. 김대건은 김 방지거에게 즉시 북경 가는 길을 중단하고 주교를 만나러 가자고 제안했다. 마음이 너무 급했다.

"그건 안 됩니다. 다른 사신단 일행의 의심을 받지 않아야 내년에도 북경 동지사에 뽑혀서 밀사의 직책을 계속할 수 있지 않겠습니까?"

김대건은 그의 말을 이해할 수 있었다. 둘이는 한동안 나란히 걸어가면서 낮은 귀엣말로 계속 밀담을 나누었다. 김 방지거는 그동안 조선에서 벌어진 처참한 박해의 상황을 김대건에게 자세히 전해주었다. 김대건은 앵베르 주교와 모방 신부, 샤스탕 신부의 치명 소식도 그의 말을 통해서 사실이라는 것을 확인할 수 있었다.

조선교회의 대들보였던 정하상과 역관 유진길과 마부 조신철의 죽음도 김 방지거를 통해 확실히 전해 듣게 되었다. 조선에서는 수백 명이 참형당했으며 그중에는 김대건의 아버지 김제준도 포함되어 있었고, 최양업의 아버지 최경환도 옥사했다는 사실도 알게 되었다. 김대건은 김 방지거의 말을 듣는 동안 계속 눈물을 닦아냈다. 너무 가슴 아픈 사연들이었다.

"그동안 조선교구가 얼마나 참담한 일들을 당했는지 모르셨을 것입니다. 제가 이제야 겨우 그 모든 소식을 전하러 북경에 가는 중이니까요. 조선의 천주교인들은 모두 집을 버리고 산속으로 숨고, 뿔뿔이 헤어졌습니다. 사제도 없고, 교회 지도자들도 잃었습니다. 앵베르 주교님과 다른 신부님들이 순교하시기 전에 미리 써서 제게 맡겨놓은 편지들도 있고, 조선에 신부님을 빨리 보내달라는 교우들의 탄원서와 비밀문서들을 모두 갖고 있습니다."

김 방지거는 허리춤에 감춘 전대를 풀어서 몽땅 김대건에게 건네주었다. 그날 김 방지거로부터 김대건이 전해 받은 문서 중에는 교구장 앵베르 주교가 기해박해 초기부터 기록해놓은 순교자들의 전기 기록물인 「기해일기」도 포함되어 있었다.

김 방지거는 만주 변문과 조선 국경의 경계가 얼마나 엄격하게 강화되고, 삼엄해졌는지를 김대건에게 자세히 설명해주었다. 지난번 순교한 세 명의 서양 신부님들이 모두 위장하고 국경을 넘었다는 것을 조정에서 알게 된 후로는 변문통과 때 통행증이 발급되었고, 변문에서 의주까지 국경 지대에는 국경 경비대들이 대폭 증원되었다. 따라서 페레올 주교나 매스트르 신부 같은 서양 선교사들의 조선 위장 입국은 거의 불가능하다고 말했다.

"내년쯤이나 그도 안 되면 내 후년에 상황이 변하는 것을 지켜봤다가 북경 동시사를 통해서 알려드릴 테니 기다리셔야 합니다."

김 방지거는 내년 북경 동지사 때, 다시 만날 것을 약속했다.

"혹시 제가 혼자 입국할 수는 있습니까?"

"조선 사람 입국도 사실은 어렵지만… 나무꾼 행세를 하고 좀 허술한 국경선을 골라서 들어오는 게 가장 좋은 방법입니다."

김대건은 김 방지거를 만나서 절망의 한숨 소리만 잔뜩 전해 들었다. 앵베르 주교님, 모방 신부님, 샤스탕 신부님, 그리고 아버님과 순교하신 모든 분의 영령에 강복을 주시옵소서. 우리 주 하느님과 성모 마리아에게 청하오니, 주님께서 저들을 천국으로 거두어 주소서… 김대건은 김 방지거와 헤어진 그날 밤 변문 근처의 숙소에 엎드린 채, 순교자들의 영혼을 위로하는 매괴경(묵주신공)을 바쳤다. 성모경을 외우는 동안 김대건은 계속 눈물이 흘러내렸다. 훗날 김대건 신부가 쓴 편지에는 늘 힘든 상황이 닥칠 때마다 묵주신공을 바치는 대목이 자주 나온다.

'주님, 제가 조선에 가거나, 혹은 주님의 곁에 가거나, 제 삶과 죽음에는 늘 주님이 곁에 계시고, 저는 언제 어디서나 주님의 종입니다. 저는 주님이 사랑하는 위대한 종이 될 것입니다.'

그날 밤 조선교회가 김 방지거를 통해서 은밀히 보낸 탄원서에는 길 잃은 양들이 목자를 애타게 그리워하는 조선 교우들이 북경교에게 전하는 탄원서가 들어있었다. 그 한 구절 한 구절들이 애절하게 가슴에 적셨다. 특히 모방 신부가 조선 교우들에게 쓴 편지는 구절구절 가슴을 저리게 했다. 그는 편지에 나오는 대목을 읽고 또 읽었다.

「…성서에도 무릇 나를 위해서 자기 목숨을 버리는 자는 영원한 생명을 얻을 것이라고 했습니다. 하느님을 공경하기 위해 목숨을 바친 자는 반드시 주님의 나라에서 영원한 기쁨과 행복을 누릴 것입니다. 그 말을 조금도 의심하지 않기를 바랍니다.」

김대건은 모방 신부의 편지 가운데 '무릇 나를 위해서 자기 목숨을 버리는 자는 영원한 생명을 얻을 것이다'라는 대목을 입속으로 여러 번 되뇌었다. 김 방지거가 허리춤에 차고 있던 전대를 풀어 건네준 모든 문서들을 잘 정리하고 묶어서, 두 중국인 교우에게 건네주면서 매스트르 신부님에게 급히 전하도록 당부했다. 그가 전해준 조선의 소식을 통해서 페레올 신부는 조신교회의 박해 소시에 대한 정확한 실상을 파악하게 될 것이다.

이제 김 방지거가 보낸 문서를 통해서 조선의 제2대 앵베르 주교의 순교 소식이 사실로 확인되면서 이미 1843년 3월 15일 조선의 보좌주교로 임명이 되었던 페레올 신부가 조선의 제3대 주교로 계승권을 정식으로 이어받을 수 있게 되었다.

어서, 일어나 걸어라

　김대건은 만주 변문 근처에서 조선인 옷으로 바꾸어 입었다. 옷 속에는 은돈 1백 냥과 금돈 40냥을 단단히 꿰매어 넣고, 비상식량으로 준비한 빵과 소금에 절인 생선도 허리에 찼다. 그는 나무꾼 행색을 갖추기 위해 지게를 마련하여 등에 나무를 잔뜩 짊어지고 중국 변문에서 다소 먼 국경 지대를 무사히 통과했다.

　김 방지거의 조언대로 나무꾼으로 위장하여 변방의 국경선을 넘는 것이 국경 수비대를 속일 수 있는 가장 자연스러운 방법이었다. 김대건은 다음 날 새벽부터 해 저물녘까지 하루 1백30리 길을 꼬박 걸어서 얼어붙은 압록강 위를 조심조심 발을 떼었다. 압록강의 칼바람은 뺨을 도려낼 듯 매서웠다. 오랜만에 밟는 고국 땅의 냉대가 너무 냉혹했다. 그는 몇 번이나 미끄러지고 고꾸라지고 엎어지면서 압록강을 겨우 건너 해 질 무렵쯤에 의주에 도착했다.

　이제부터 그는 조선인 교우들을 만나서 페레올 주교를 안전하게 입국시킬 수 있는 길을 찾아야 했다. 그것이 그의 첫 번째 과제였다. 지금, 조국은 슬픈 땅이다. 아버지는 참형당했고, 어머니는 지금 어디 계시는지 알 수가 없다. 지금 조선에는 앵베르 주교도, 영원한 첫 스승 모방 신부도 샤스탕 신부도 모두 저세상으로 가고 없다. 해 질 녘, 석양의 붉은 노을을 바라보면 가슴 한구석에서 슬픔이 안개처럼 자욱하고 스산하게 덮여왔다.

저들 그리운 사람들과 지상에서 마지막 인사 한마디도 나누지 못하고 떠나보낸 것이 못내 서럽고 슬펐다. 그대로 누워서 모든 걸 잊고 잠들고 싶었다. 의주 성문에 도착하자, 긴 땅거미가 싙은 해그림자를 만들었다. 성문 가까이에서 경비병들이 성문을 통과하는 사람들에게 일일이 통행권을 검사하고 있었다. 주위를 돌아보니 마침 소 떼들을 몰고 가는 한 떼의 사람들이 보였다. 그렇다. 지금은 소몰이꾼 행세를 해야겠구나. 그는 소 곁에 바짝 붙어서 몸을 숨기고 계속 걸었다. 경비병이 다른 데 한눈을 팔고 있는 동안에 그는 소와 함께 경비병을 슬쩍 지나쳤다. 휴우! 하고 안도의 숨을 내쉬는 순간 경비병의 목소리가 들렸다.

"거기 당신! 통행증을 보여주시오."

그때 김대건은 기지를 발휘하여 큰 소리로 외쳤다.

"아까 보여줬는데 왜 또 보여 달라는 거요!"

그때 경비병은 자신이 착각했는지 귀찮아선지 더 이상 시비를 걸어오지 않았다. 참으로 다행이었다. 위기의 순간을 넘기고 의주 성문을 통과한 김대건은 계속 걸었다. 이틀째 굶은 탓에 허기가 심하게 왔고, 기운이 없어서 그대로 주저앉고만 싶었다. 온몸이 추위로 꽁꽁 얼어붙어 버렸다. 조선옷으로 갈아입었는데도 사람들은 그를 중국인으로 여기는 것이 못내 안타까웠다.

"저기 되놈 간다."

사람들이 흘끗거리며 이상한 눈으로 바라보았다. 오랜 중국 생활을 한 탓인지 행색이며 말투가 조선인처럼 자연스럽지 못한 것은 금세 드러나는 것 같았다. 어딜 가나 조선인들은 중국인들을 미워했고, 따돌림을 시켰다. 특히 여관이나 주막이며 가게에서는 냉대가 너무 심했다. 조선인들의 중국인들에 대한 미움과 적개심은 어제와 오늘의 일이 아니다. 오랜 억압과 착취에서 온 것이다.

어린애들은 장난삼아 뒤에서 그의 모자를 벗기고 달아나기도 했다. 중국 신발을 트집 잡아서 되놈 첩자가 틀림없으니 관가에 고발하겠다고 따라오면서 겁을 주는 사람도 있었다. 정말 그러다가 재수 없게 포졸들에게 잡혀서 허리춤에 숨겨둔 돈이라도 발각되는 날에는 강도로 오해받아 처벌받을 수도 있었다. 그는 주막에서 따뜻한 국밥한 그릇도 사 먹을 수가 없었다. 되놈들에게는 밥을 아예팔지 않았을 뿐만 아니라 숙소도 빌려주지 않았다. 그는굶주린 배를 움켜쥐고 쫓기듯이 어두운 숲속으로 들어갔다. 나무 그늘 밑에서 등을 기대고 앉아있는 사이에 자신도 모르게 깊은 잠에 빠져버렸다. 앉은 그대로 옆으로 고꾸라졌지만, 그것도 의식하지 못하고 바닥에 쓰러진 채로혼수상태가 되었다. 그대로 잠들면 고스란히 얼어 죽는다. 바로 그때 다행히 누군가 그림자처럼 바짝 다가오더니 귀에 대고 소리쳤다.

"어서, 일어나 걸어라. 어서, 일어나 걸어라…"

순간 김대건은 소스라치게 놀라서 눈을 번쩍 떴다. 분명누군가 큰소리로 그를 깨운 것이 틀림없었다. 눈을 떴지만아무도 보이지 않았다. 그는 깊은 어둠과 추위에 에워싸여있었다. 여기서 잠들면 안 된다. 다시 몸을 일으키고 걷기시작했다. 의주성에 도착했을 때는 깊은 밤 2시였다. 성벽을 왼쪽으로 돌아서자 다시 아까 건너온 압록강이었다. 그때는 이미 아침 해가 하늘 높이 솟아있었다. 그는 탈진상태가 되었지만 계속 걸었다. 멈추면 죽는다.

김대건은 어디로 가는지도 몰랐다. 압록강은 많이 녹았
는지 지난번과 달리 발아래서 뿌지직 뿌지직 얼음 갈라지
는 소리가 났다. 그때마다 얼음이 깨지는가 싶어서 등골이
오싹오싹했다. 위험천만한 도강이었지만 그는 걷고 걸어서
국경 변문 근처까지 되돌아왔다. 그는 거기서 포대에 넣어
둔 청나라인 옷을 꺼내 갈아입고 밤길로 조선 국경을 넘어
섰다. 중국 땅에 들어가서야 그는 음식점이나 여관에서 그
를 받아주었다. 그는 밥을 사 먹고 여관에서 깊이 잠들었
다. 그날 밤, 그는 의주의 어느 숲속에서 일어난 이상한 경
험을 머릿속에 되살렸다. 누군가 분명 '어서, 일어나 걸어
라.'고 깨워준 그림자의 실체가 누구인지 골똘하게 생각했
다. 그는 그때 극심한 굶주림과 추위에서 온 정신적 환각
상태에 있었다. 그는 그때야 주 하느님이 살려주시기 위해
자신을 깨웠다는 것을 깨달았다.

그때는 거의 기진맥진해서 의지적으로는 몸을 일으키고
걸을 수가 없었다. 그런 힘든 처지에서도 압록강을 건너
중국으로 되돌아온 것은 기적이었다. 그에게 그런 힘을 주
고 길을 안내하고 이끌어주신 분은 분명 주님이었다. 그분
이 그의 발길을 되돌려 주었다. 그분이 아니라면 의주를
반환점으로 삼아서 다시 중국으로 되돌아올 수가 없었을

것이다. 그는 다음 날이 되어서야 눈을 떴다. 김대건은 겨우 마음이 평화로워졌다.

'나를 평온하게 해주신 것은 주님이시지만 주님도 나를 통해서 평온해지신다. 그렇다면 내가 나를 위해서 마음의 평화를 갖게 되는 것은 주님을 위하는 길이기도 하다.'

그의 삶을 되돌려 놓은 것은 분명 하느님의 의지였다. 주님은 그가 조선에 가서 혼자 감당할 수 없는 고통을 미리 피하게 해주었다. 아직은 입국의 시기가 아니다. 주님이 그렇게 말씀해주신 것이다. 김대건은 다시 길을 떠나 1월 6일에는 만주에서 페레올 주교를 다시 만났다. 익주에서 돌아온 것이 꿈같았다.

페레올 주교와 매스트르 신부를 조선까지 안전히 안내할 길을 찾기 위해 떠난 임무가 끝내 실패로 돌아갔다는 것을 알았다. 이제는 어떤 방법으로 조선에 입국할 수 있을지 머리를 쥐어짜도 묘안이 떠오르지 않았다. 그 해 1843년 12월 31일 만주의 개평에서 가까운 양관에서 페레올 신부는 만주교구의 베롤 주교로부터 조선 주교로 정식 임명을 받는 서품식을 했다.

앵베르 주교의 순교가 확인되었으므로 조선교구 제3대 주교로 페레올 신부가 정식 계승한 것이다. 김대건은 바다에서 80여 킬로쯤 떨어진 산동네 백가점 교우촌에 주교의 임시거처를 마련했다. 김대건은 매스트르 신부와 함께 먼저 조선에 입국할 예정이었지만 페레올 신부가 조선 제3대 주교로 정식으로 발령을 받게 되면서 페레올 주교를 먼저 조선에 입국시켜야 할 상황으로 바뀌었다.

백가점의 주민들은 무척 배타적인 사람들이어서 외국인들을 차별하고 몹시 불친절하게 대했다. 그들은 여간해서 이방인들에게는 집을 빌려주지 않았다. 집 구하기가 어려웠지만 그곳은 조선 입국을 위해서는 좋은 지리적 조건을 갖추고 있어서 포기할 수가 없었다. 언제쯤 페레올 주교가 조선에 갈 수 있는지는 아직도 막연했다.

외국인들이 살기 힘든 백가점에서 그저 조선 입국 기회를 기다리기만 하면 되는 것인지, 기다리기만 하면 기회가 저절로 오는 것인지는 알 수 없었다. 당시 1844년 페레올 주교가 파리 외방전교회에 보낸 편지를 보면 제3대 조선 주교로 임명된 페레올 주교가 조선에 입국하지 못하는 절박한 심정을 하소연하고 있다.

「저는 교황님께서 맡겨주신 책임을 겸허한 마음으로 받겠습니다. 저는 조선 선교지에서 순교한 앵베르 주교의 피가 헛되지 않도록 최선을 다할 것입니다. 유럽에서 많은 교우가 피로서 천주교회를 반석 위에 굳건히 올려놓았던 것처럼 조선교회 역시 순교자들이 교회를 세우는 씨앗이 될 것입니다. 그로 인해 매트스르 신부님처럼 박해의 땅으로 달려가려는 선교사들이 나타나고 있는 것으로 생각합니다. 저 역시 나무꾼으로 위장해서라도 저 무서운 금단의 나라 조선의 관문을 반드시 뚫고야 말 것입니다. 저는 조선에 가서 비통에 빠져있는 조선 교우들을 위로하고 그들의 눈물을 닦아줄 것이며, 그들의 상처를 씻어줄 것입니다. 그들과 함께 땅굴로 들어가 미사를 드릴 것이며, 고뇌의 빵을 함께 나누어 먹고, 고아가 된 아이들의 부모가 되어 그들을 품 안에 안아줄 것입니다. 이제 주 하느님께서 유럽의 교형자매들이 조선에도 사랑과 구호의 손길을 내밀어 주시어 제 손에 맡겨진 조선교회의 영혼을 축복해 주시기를 간절히 청합니다.」

페레올 주교는 조선 선교지로 빨리 부임해야 한다는 마음이 급해졌다. 그는 매스트르 신부와 함께 세계지도를 펼쳤다. 두 사람의 눈은 조선의 동북쪽 끝 두만강 국경선이 머물렀다. 만주 변문을 지나 압록강 건너 의주 길이 그토록 어렵다면 이제는 고개를 돌려 만주 동북쪽 끝을 바라보자.

두만강 어귀의 훈춘[1]이면 어떨까? 모든 길은 의지와 열정이 있는 곳에서 열린다. 기다리는 세월은 길을 열어주지 않는다. 하느님의 섭리는 노력하는 자에게만 길이 열리고 주님은 그 사람의 말에 귀를 기울인다. '하느님은 분명 내가 당신을 위해 일할 수 있도록 조선에 보내주실 것이다.' 마침내 페레올 주교는 결단을 내렸다.

---

1 훈춘(琿春): 중국 길림성 연변에 있는 국경도시.

만주 횡단

　김대건은 페레올 주교의 지시대로 다시 중국인 교우 한 명을 데리고 만주 횡단의 대장정에 나섰다. 조선 입국을 위한 제2차 탐색이 시작된 것이다. 지금까지 한 번도 만주의 동북쪽으로는 눈을 돌린 적이 없었다. 어쩌면 발상의 전환이 뜻밖의 길을 열어줄지도 모른다. 한겨울의 만주벌판은 흰 눈과 삿추위로 꽁꽁 얼어붙었다. 매서운 겨울바람은 만주의 길들을 모두 흰 눈으로 지워버렸다.

　교통수단이라고는 썰매밖에 없었다. 김대건과 중국인은 나침반 하나와 널빤지로 만든 눈썰매를 타고 미끄러지듯 만주를 향해 달려가 장춘에 도착했다. 곧이어 몽골과 만주의 경계를 만든 말뚝 국경선을 넘어 만주벌판으로 들어섰다. 그곳 역시 대지에 덮인 끝없는 설국을 펼쳐져 있었다. 2월의 겨울 송화강은 맹추위로 꽁꽁 얼어붙었다. 흐린 겨울 안개 너머로 보이는 거대한 산맥이 병풍처럼 펼쳐진 채, 길림성을 북풍으로부터 막아준다. 집들은 벽돌과 흙과 짚으로 지은 단층 초가집들뿐이다. 지붕에서 피어오르는 연기가 대기 속에 넓게 퍼져서 큰 옷자락처럼 휘감고 있는 풍경은 한 폭의 묵화였다.

나침반이 가리키고 있는 북동쪽으로 이동하면 할수록 산이 점차 험악해졌다. 그 산과 계곡은 호랑이, 표범, 흑곰, 늑대 등 맹수들의 집단 서식처로 치열한 생존경쟁이 벌어지는 정글이다. 광대한 숲 지대에는 사나운 조류들이 떼구름처럼 몰려 살고 있다. 독수리와 매들이 어린 사슴들을 무자비하게 잡아채 가는 광경을 흔히 볼 수 있다. 그곳에서는 한 해 80여 명의 사람들이 맹수들의 공격을 받아 죽고, 소와 말들도 1백여 마리나 맹수들의 밥이 된다.

깊고 으슥한 산속에는 주막집들이 드문드문 있다. 그런 집에서 숙소를 잡으려면 돈 대신 쌀이나 구운 빵, 혹은 살코기나 고량주를 숙박비 대신 줘야 한다. 맹수들로부터 타고 온 말을 지키려면 교대로 파수꾼이 되어야 한다. 그곳의 거대한 산림지대는 청나라 황제가 직접 관할하는 지역이다. 청나라 황실에서는 해마다 5천여 명의 밀렵꾼들을 풀어서 사슴뿔, 호랑이 가죽 등을 마련한다. 김대건은 온갖 어려운 여행길 끝에 페레올 주교와 헤어진 지 1개월 만에 가까스로 훈춘에 도착했다. 바다에서 가까운 훈춘은 1백여 호쯤 되는 작은 마을로 조선과 만주를 갈라놓은 두만강 국경도시다. 남쪽에 있는 봉황성 변문이 조선인들과 만주인들이 접촉할 수 있는 지점으로 정해져 있다.

그곳은 만주 출신의 2급 관리가 3백여 명의 군졸을 지휘하며 치안을 유지하고 있다. 조선과 중국은 훈춘에서 2년에 딱 한 번씩 교역을 갖는다. 양국이 교역 상담을 벌이는 것도 한나절로 시간이 제한되어 있다. 중국 쪽 시장은 훈춘이 개방되고, 조선 쪽에서는 훈춘에서 40여 리 떨어진 경원에서 시장이 열린다. 그래도 많은 중국인이 아주 멀리서 온다. 중국인들은 주로 개, 고양이, 담뱃대, 가죽, 녹용, 말과 나귀와 노새를 가져와서 교환한다. 조선인들은 주로 바구니, 식기, 곡물, 종이, 돗자리, 소와 돼지, 모피와 조랑말 등을 중국인들이 가져온 물품과 맞바꾼다. 거래는 화폐가 아니라 물물교환이다.

김대건 신부가 훗날 조선의 경원에서 열리는 장마당에 다녀와서 쓴 「만주횡단 견문록」을 보면 그곳의 거래 상황이 얼마나 살벌한지 짐작할 수가 있다. 「3월 9일에 조선의 경원 광장에서 장마당이 열린다는 통지가 훈춘 관원에게 도착했다. 나는 동행자와 함께 그날 새벽에 급히 달려갔다. 읍내에는 이미 장사꾼들로 인산인해를 이루고 있었다. 경원 시장에 나타난 중국 상인들은 모두 웅성거리며 정오가 되기를 기다리고 있었다. 마침내 해가 하늘 한가운데로 오자, 징 소리와 함께 깃발이 올라가고 거래가 개시되었다. 각 나라와 각 지역에서 온 사람들이 모두 한꺼번에 와르르 달려들어 시장통은 사람들이 빼곡하게 엉키고, 밟히고 넘어지고 울부짖는 난장판이 되고 말았다. 얼마나 주위가 소란한지 말소리는 전혀 들리지 않았고 귀가 아플 지경까지 된다. 그 소란이 맞은편 산에서 메아리가 된다.

시장거래는 해 질 녘 네댓 시까지 엄격하게 제한된다. 군중들은 여기저기 다투고 주먹이 오가고, 나중에는 육박전이 벌어진다. 막판에는 흉기들이 등장하고, 판매 현장에서 물품들을 강탈하는 떼강도들도 나타난다. 장마당의 마감 시간이 되면 경원 시장은 이미 장터가 아니다. 모두 눈을 벌겋게 뜬 화적떼로 변하여 약탈과 폭행이 벌어지는 살벌한 아귀다툼과 약탈이 자행되고 있을 뿐이지만 그곳에서 질서를 유지하려는 군졸들은 단 한 명도 없었다.」

김대건은 그 짧은 기간에도 조선의 교우들을 만나서 조선교회의 형편을 은밀히 수소문해보았다. 그는 페레올 주교님의 조선에 입국할 수 있는지 통로를 열심히 알아보았지만, 사람들마다 고개를 돌렸다. 혹시나 했던 희망은 금세 사라지고 말았다.

만주의 훈춘과 조선의 경원은 청나라인들과 조선인들의 증오심으로 강력하게 대치하고 있는 분쟁 국경선지대였다. 서로 간의 증오심은 살벌했다. 얼마 전에도 중국인들이 조선 반도에 불법으로 월경해서 여자와 아이들을 납치한 일이 있었기 때문에 국경지대는 심각한 반목과 증오로 살기 등등하게 대치하고 있었다. 그래도 두 나라 간에는 교역이 필요해서 장마당이 2년마다 한 번씩 열린다.

중국 관리들은 5인조가 되어 조선의 상인 5명을 책임지고 입국시키고, 정확히 출국시키는 등 출입국 관리를 철통같이 단속하고 있었다. 장마당이 열리는 그날 이외에는 어느 쪽도 국경을 넘어가면 무자비하게 죽인다. 밀입국자가 잡히면 노예를 삼아도 할 말이 없다. 조선인들도 중국인이 월경하면 무조건 목을 벤다.

김대건은 훈춘의 정세를 파악한 후에는 미련 없이 발길을 돌리기로 마음먹었다. 만일 페레올 주교와 함께 조선 국경을 넘다가 국경 수비대들에게 잡히면 이유를 막론하고 죽임을 당해도 할 말이 없는 곳이 바로 그곳의 살벌한 현장이었다. 김대건은 훈춘을 마음속에서 접었다.

훈춘에서 다시 서쪽으로 되돌아갈 때는 계절이 봄이어서인지 눈이 녹고 얼음이 풀려서 강물마다 빙하가 떠내려갔다. 강을 건너다가 물살에 휩쓸리거나 빙하에 매장되는 여행자들 엄청나게 많았다. 김대건은 물길과 산길을 잘 아는 지혜로운 동행자를 만나서 겨우 말 한 필을 잃었을 뿐 안전하게 되돌아올 수 있었다.

그가 페레올 주교가 있는 곳으로 돌아왔을 때는 다음 해 4월이었다. 2개월에 걸친 만주 횡단의 긴 여행은 죽음을 건 모험이었지만 결국 아무런 소득도 결론도 얻지 못한 채 무위로 끝났다.

제2장

뱃길을 열어라

페레올 주교가 제2차 조선 입국을 위해 시도한 훈춘 경로가 좌절되면서 김대건의 무력감은 더욱 커졌다. 만주 변문과 의주로 통하는 육로입국보다 훈춘에서 경원으로 통하는 길이 더 위험하다는 말을 들은 페레올 주교는 다시 절망할 수밖에 없었다. 김대건은 「60일간의 만주횡단기」를 한문으로 써서 페레올 주교에게 바쳤다.

그 책에는 당시 김대건 신부가 겪었던 만주 횡단의 생생한 체험이 기록되어 있다. 그해 훈춘에 다녀온 후, 1844년, 몽골의 겨울은 김대건과 최양업에게 기념비적인 날이 되었다. 페레올 주교가 두 사람에게 안겨준 값지고 벅찬 성탄 선물이 있었기 때문이다. 당시 김 안드레아와 최양업 도마는 신학교 정규 교육과정을 모두 마친 상태였다.

그들의 좋은 성품과 깊은 신심을 8년 동안 곁에서 두고 본 페레올 주교는 두 사람이 사제가 될 충분한 조건과 자격을 갖추고 있다고 판단하고 있었지만 한 가지 걸림돌이 남아있었다. 천주교회에서 신품성사를 받을 수 있는 조건은 나이가 만 24살이 되어야 한다는 교황청의 법규가 있었다. 두 사람은 그 해가 만 23세였기 때문에 아직 1년을 더 기다려야 정식 사제가 될 수 있었다.

지금은 조선교구의 주교가 조선에 입국조차 하지 못하고 있는 상황이 계속되고 있는 중이었다. 페레올 주교의 입장에서는 두 청년에게 당장이라도 사제복을 입혀주고 싶은 마음이 굴뚝같았지만, 그렇다고 교황청의 법규를 어길 수는 없었다. 마침내 페레올 주교는 두 신학교 졸업생에게 조선 주교의 직권으로 부제 서품을 주기로 한 것이다. 김대건과 최양업은 깊은 감격에 사로잡혔다.

부제는 사제서품을 받기 이전의 준비단계다. 이제 조선 교회도 그토록 오랫동안 갈망했던 사제 탄생을 1년 앞두게 되었다. 두 소년이 맨주먹을 쥐고 한성을 떠난 지, 8년 만에 부제 서품을 받았으니 사제가 목표였던 그들에게는 절반의 성공을 이룬 셈이다.

김대건과 최양업은 나란히 제대 앞에 무릎을 꿇었다. 큰 은총을 베풀어주신 하느님에게 감사의 기도를 드리는 한편, 그 자리에 함께하지 못한 친구 최방제에게 마음으로나마 기쁜 소식을 전하면서 그의 영혼을 위로했다. 그들은 하루라도 빨리 페레올 주교를 모시고 조선에 들어가 미사를 드리고 싶었다. 김대건은 부사제 서품을 받은 그 이듬 해 1845년 새해가 밝자마자 페레올 주교를 모시고 국경 변문까지 갔다. 위험한 선교지의 밀사 역할을 맡은 김 방 지거와 변문에서 만나기로 한, 오래전의 약속을 지키기 위 해서였다.

북경 동지사[1] 일행을 따라온 김 방지거는 마침내 변문 근 처에서 페레올 주교를 만났지만, 표정은 그리 밝지 못했다. 페레올 주교의 조선 입국을 두 손 들어 환영할 수 있는 형편 이 아니었기 때문이다. 조선의 북경 동지사나 상인들의 의 주성 관문 통과도 한층 끼다롭고 복잡해졌을 뿐만 아니라, 국경통제 역시 더욱 엄격해졌다. 변문을 통과하려면 통행권 에 해당하는 목패를 발급받는 절차가 추가되기도 했다.

목패의 길이는 세 치에 폭이 한 치의 크기다. 거기에는 통행자의 이름과 출신지가 새겨져 있다. 물론 현재 거주지 관할 관청 날인도 있어야 한다. 목패를 발행할 때는 온갖 세밀한 신분 조사를 받게 되어 있어서 웬만한 결격사유만 있어도 안 된다. 국외로 나갈 때는 목패를 담당 관리에게

---

1 동지사(冬至使): 조선 때, 해마다 동짓달에 중국으로 보내던 사신.

맡겼다가 귀국할 때는 돌려받는 식으로 제도가 바뀌었다. 김 방지거는 주교님을 한양까지 안내할 교우 7명을 대동하고 의주까지 왔지만, 그 가운데 3명만 통과하고 나머지는 변문까지 오지 못했다. 지금 교우 4명은 의주의 20여 리 밖에서 말 2필과 함께 대기 중이라고 말했다. 참으로 안타까운 소식이었다.

"이번에 제가 변문을 통과하면서 보니, 국경감시가 엄중해져서 섣불리 모험을 감행해서는 안 되겠다는 판단이 섰습니다. 조선의 대신 중에는 천주교를 탄압하는 세력들의 기세가 아직도 거셉니다. 국경을 통과할 때는 아무리 변복한다고 해도 주교님께서는 서양인 행색을 감출 길이 없으니 그게 가장 큰 문제입니다. 이번에도 입국은 어려울 것 같으니 다음번 동지사로 기회를 미룹시다."

김 방지거의 말에 페레올 신부는 크게 실망했다. 조선 입국 제3차 시도는 또다시 좌절을 겪어야 했다. 아아! 조선은 슬픈 땅, 참으로 발 딛기 어려운 금단의 나라로구나. 세상의 어느 나라가 그토록 들어가기 어렵단 말이냐. 조선 교구 제3대 주교가 교황의 임명을 받고도 선교지에 발도 붙이지 못하고, 또다시 몽골로 되돌아가서 한없는 세월을 기다려야 한다니. 페레올 주교와 김대건 부제는 생각하면

할수록 너무 비참한 기분이 들었다. 아무리 생각해도 이건 아니다 싶었다. 조선에서 천주교 박해가 심하면 심할수록 교우들은 목자를 잃은 양 떼들처럼 흩어지고 또 흩어져서 나중에는 모두 흔적도 없이 사라질지도 모른다. 교우들은 지금 몹시 허둥대며 어찌해야 할 바를 모르고 탄식과 슬픔에 빠져있을 것이다. 조선의 대궐에는 무슨 악귀가 그리 많아서 하느님의 어린 종들의 목숨을 그토록 빼앗아 가고 있단 말인가.

하지만 두고 보자. 나는 끝내 조선에 들어가고 말 것이다. 이제 곧 주님께서는 내가 조선에 들어갈 길을 반드시 열어주실 것이다. 그 누구도 결코 주님의 명령을 가로막지는 못할 것이다. 페레올 주교는 낙심을 멀리하고 다시 마음을 굳게 먹었다.

"그렇다면 김 부제 혼자 조선에 입국시킬 수는 있겠소?"

페레올 주교가 김 방지거에게 물었다. 그 말에 그는 눈빛은 반짝거렸다. 조선인의 입국은 사신단의 명패를 지닌 자로 제한되어 있긴 하지만 중국 상인들의 의주 출입은 조선인들의 입출국보다 훨씬 자유로운 것은 사실이다. 김 부제가 중국인 행세를 하면 의주성 통과는 무난하다는 것을 그는 잘 알고 있었다.

"김 부제님께서 의주까지만 가시면 우리 교우들이 지금 대기 중이니 만나서 함께 한양까지 잘 모실 수 있을 것입니다."

김 방지거의 말에 페레올 주교는 고개를 끄덕거렸다.

"그럼 됐네. 먼저 김 부제를 한양까지 안내해주게. 그다음 일은 우리가 알아서 하겠네."

페레올 주교의 머릿속에는 이미 제3차 입국 통로의 탐색이 시작되었다. 의주로도 안 되고 훈춘도 안 되면 이번에는 서해의 뱃길 횡단밖에는 도리가 없다. 조선의 해안은 청나라와 바닷길로 교역이 트이지 않아서 항로가 없고, 항해 지도조차 없다. 조선의 해안선 국경경비가 삼엄한 것도 마찬가지다.

조선에서는 어부들에게 원양 조업을 철저히 금지한다. 풍랑이 위험하고 국외 탈출을 막기 위해서였다. 그래도 태풍에 휩쓸려 해안에서 멀리 고기잡이를 나간 조선 배들이나 중국어선이 폭풍으로 상대국 해안까지 떠밀려오는 경우가 많았다. 그때 중국 측에서는 조선 배가 들어오면 불태워버리고 선원들은 조선에 인계하지만 조선 측에서는 중국 배를 수리해서 바다로 띄워 보낸다. 단지 그 차이만 다를 뿐이다. 그것도 난파선의 경우에 해당된다.

어느 나라나 밀항자는 극형으로 엄하게 다스린다. 그럼에도 불구하고 페레올 주교는 마침내 조선 입국을 바닷길에 희망을 걸었다. 서해를 횡단하겠다는 발상은 너무 무모하고 과감한 돌파 작전이었다. 그러기 위해서는 김 부제가 조선에 먼저 들어가서 배를 구하고 바닷길을 여는 교두보를 마련하는 일부터 시작해야 한다. 마침내 페레올 주교는 김 부제에게 만주 횡단에 이어 서해 횡단의 임무를 맡기게 되었다.

"나는 육로로는 안 된다고 하니, 김 부제가 조선에 먼저 들어가서 한양에서 상해로 오는 바닷길을 열어보게나. 김 부제가 그 배로 상해까지 오는 데 성공하기만 하면 우리는 그 배의 항로를 곧바로 되돌려 한양까지 갈 수 있지 않겠나? 좀 무리한 일인 줄은 알지만 이번에는 바닷길을 반드시 열어보도록 하지."

"알겠습니다. 이번에는 반드시 해내겠습니다."

김대건 부제는 주교의 말이 떨어지자 한 번도 주저하는 법이 없다. 주교님의 말은 절대복종이었다. 그의 주교에 대한 존경과 신뢰는 하늘 같았다. 그 말을 듣는 순간, 페레올 주교의 머릿속에는 이미 뱃길이 활짝 열려있었다. 김 부제는 생각했다. 주교님은 이미 주님의 은밀한 계획을 읽으셨을 것이다.

그게 아니라면 만주 횡단처럼 그런 담대한 계획이 그리 쉽게 나올 수가 없다. 김 부제는 주교 앞에 무릎을 꿇고 강복을 받았다. 그의 발길은 이미 지난번 입국에 실패했던 의주를 향해 뛰고 있었다. 그렇다. 시작하면 반드시 끝낼 것이다.

「시작하는 자는 많으나 끝내는 자는 그리 많지 않다.」

천주교회의 큰 성자 베르나르도가 한 말이다. 끝내는 자가 많지 않다는 것은 성공하는 사람이 많지 않다는 뜻이기도 하다. 중국인 옷차림에 중국인 상인 행장을 갖춘 김대건 부제는 당장 의주 관문 통과가 숙제였다. 그동안 국경관리들은 서양 선교사들이 변장하고 들락거리도록 감시를 소홀히 했다는 혹독한 질책을 받았다.

그 시기에 반가운 소식도 하나가 있었다. 아편전쟁이 끝난 후, 미국과 프랑스도 영국과 똑같이 청나라와 조약을 맺고 서로의 국가에 외교관들을 파견하기로 합의했다. 특히 프랑스는 청나라와의 조약에서 천주교를 용납해 달라고 요구한 것이 통과되었다.

그렇다고 서양인들이 중국에서 아직 완전한 선교의 자유를 통째로 얻은 것은 아니었다. 청나라의 관리들은 프랑스 선교사를 마음대로 구속하지 못하고, 혹시 체포되는 경우,

청나라에서 마음대로 처형하지 않고 해당 국가의 영사관에 넘겨주기로 했다. 그것만도 큰 진전을 이룬 것이다. 조선도 다른 국가와 그런 조약을 맺으면 포졸들이 서양 선교사들을 제멋대로 처형할 수 없으련만.

앞으로 중국 땅에서는 천주교가 전처럼 강압적으로 탄압을 받지 않게 될 것이라는 희망을 품을 수 있게 된 것은 사실이었지만 그 법이 조선 같은 이웃 국가에서도 똑같이 적용되는 것은 아니었다.

나침반과 항해지도

겨울이 되면 압록강은 꽁꽁 얼어붙는다. 두꺼운 얼음층 밑으로 강물은 소리 없이 계속 흐른다. 강이 얼면 밀입국자들에게는 그 얼음길이 비단길보다 더 고맙게 느껴진다. 김부제는 어두운 밤길에 발소리가 안 들리도록 신발을 벗고 빨리 걸었다.

압록강의 가운데 있는 작은 섬 중지도를 건너서 밤으로의 긴 행군이 계속되었다. 드디어 의주가 눈앞에 다가왔다. 문득 지난번 제2차 탐색을 하던 시기의 고통스러웠던 순간이 악몽처럼 떠올랐다. 이제 슬픈 조선 천주교인들의 마음을 위로해주고, 희망을 주려면 저들의 영혼을 위로해줄 수 있는 목자 페레올 주교를 빨리 모셔 오는 길밖에는 다른 방법이 없었다.

의주 읍을 이십여 리 앞두고 김 부제는 밀사들과 약속한 곳에 도착했다. 그는 또다시 추위와 굶주림과 피로와 슬픔으로 몹시 지쳐 있었다. 그동안 조선의 국경 경비병들을 피하느라고 두엄[1] 가운데 누워있기도 했고, 눈 덮인 산에 엎드려 있기도 했으며, 발길을 떼지 못하고 웅크리고 숨어있었던 적이 한두 번이 아니었다. 의주 성이 가까워질수록 신경이 바짝 곤두섰다. 훗날 김대건 신부가 마카오의 파리 외방 선교회 경리 부장 리바 신부에게 쓴 편지를 보면 그가 그 당시 얼마나 마음을 졸이며 성모님에게 기도를 많이 했는지 잘 드러난다.

「신부님, 쳐는 밀사들과 만나기로 한 약속 장소에 가기 위해 국경 경비대들의 눈을 피해 눈 쌓인 계곡의 나무 밑에 몸을 숨겼습니나. 여기서 의주 성까지는 20리 길을 더 가야 합니다. 쳐는 눈을 등지고 숨어서 밤을 기다리며 계속 묵주신공을 바쳤습니다. 주님의 도움 없이 어떻게 케가 이처럼 험난한 길을 가겠다고 감히 나설 수가 있었겠습니까. 밤을 기다리는 동안에도 피로가 한꺼번에 몰려와 눈이 무섭게 감겼습니다. 신부님, 지금까지는 계속 실패를 거듭했지만 이번에는 뱃길입니다. 쳐는 기어코 서해의 뱃길을 열고야 말 것입니다. 그것은 케 의지이고 페레올 주교님의 희망이시기도 하시며, 우리 주 하느님의 뜻이기도 합니다.」

1 두엄: 풀 짚이나 배설물 거름.

바닷길에는 튼튼한 돛배 한 척과 항로를 잡을 수 있는 나침반 하나가 필요하고, 항해 지도와 함께 제 방향으로 부는 바람이 꼭 불어줘야 한다. 거기에 선장의 결단과 강한 믿음의 키가 있어야 한다. 그것들이 갖추어졌다면 바다가 두려울 이유가 없다. 김 부제의 머릿속에는 이미 돛배가 파도 위로 미끄러지듯 달리고 있었다. 마침내 의주에서 약속한 교우들을 만난 김 부제는 평양에서 나머지 교우들과도 만났다. 그들은 의주성에서 중국입국을 하지 못하고 되돌아온 현석문과 이재선이었다. 나머지 두 명은 함께 따라온 하인들이었다.

현석문(가롤로)은 신유교난(1801년)에 치명한 중인출신 현계흠의 아들이다. 기해교난(1839년)에 그는 아내와 딸과 누이를 감옥에서 잃었다. 그는 혼자 피신 중이어서 살아남았지만 가족을 잃은 그에게는 죽음이나 다름없었다. 이제 그가 해야 할 일은 아내와 딸과 누이가 있는 곳에 뒤쫓아가는 일밖에 남아있지 않았다. 그 후로 그에게는 두려움이 사라졌다. 현석문은 앵베르 주교가 순교하기 직전에 조선교회를 잘 이끌어달라는 유언을 받았다. 그는 현재 사실상 조선교회를 이끄는 리더나 다름없었다. 이재선(토마스)는 북경에서 세례를 받고 온 이승훈의 손자였지만 그동안 그는 이재용이라는 가명으로 숨어서 교회를 돕고 있었다. 두 사람 모두 사제가 없는 조선교회를 이끄는 사실상의 두 기둥이나 다름없었다.

순교자의 자손들은 그 무서운 탄압과 감시 속에서도 하느님의 은총이 이 땅에 적시기를 애타게 기다리는 선대의 뜻을 받드는 용감한 어린 양들이었다. 김 부제와 교우들과 함께 말을 타고 7일 만에 단숨에 한양에 무사히 도착할 수 있었다. 그러나 김 부제는 한양에 도착하자 병상에 몸져눕고 말았다. 지난 4년이라는 긴 세월 동안 페레올 주교의 조선 입국을 위해 색시로만 무수히 떠돌아다녔던 무리한 여행의 후유증이 귀국하자마자 큰 병을 불러 왔던 것이다. 본래 김 부제는 신학 시절부터 약골이었으나 오랜 여행을 통해서 체력이 강인해진 편이었다.

아! 이 중요한 시기에 험난한 항해를 앞두고 몸에 병이 나다니. 그동안 너무 무리한 탓에 성모님께서 큰 모험을 앞두고 몸조리를 단단히 시키시는 것이 아닌가 싶었다. 현석문이 한의사 두 사람을 특별히 불러서 번갈아 치료하고 약을 달였다. 그는 몸져누워서 끙끙 앓으면서도 머릿속에는 돛배만 떠오르고 꿈에도 바다의 파도만 보였다. 김 부제는 문득 성 바오로를 떠올리며 용기를 얻었다.

성 바오로는 본래 독실한 유대인 바리사인이었다. 그는 바리사인들 집단이 성 스테파노를 돌로 쳐 죽일 때도 가장 먼저 앞장서서 돌을 던진 인물이었다. 그는 예루살렘과 갈릴레아에서 예수교인들의 집을 습격해서 신자들을 잡아 관가에 넘기고, 다마스코까지 예수교인들을 추적할 때, 갑자기 하늘에서 번개가 번쩍번쩍 떨어지면서 그는 그 번개로 눈이 멀면서 하느님의 목소리를 듣게 된다.

"바오로야, 넌 어찌하여 나를 그리 박해하느냐?"

그때 바오로가 엎드려 물었다.

"당신은 누구시기에 제 눈을 멀게 하십니까?"

"나는 네가 박해하는 예수 그리스도다. 네가 네 발로 송곳을 차면 너만 아프다는 것을 너는 어찌 모르고 있느냐?"

그 순간 바오로의 마음에는 영적 변화가 일어난다. 그는 그리스도교의 박해가 하느님의 뜻이 아니라는 것을 처음 깨닫게 되면서 개종을 결심한다. 바오로는 곧 자신의 잘못을 하느님께 인정한다.

"주님께서 저에게 원하시는 것이 무엇이십니까?"

그는 장님이 된 채로 주님의 말에 따라 누군가에게 인도되어 다마스코에 가서 진실로 잘못을 뉘우치고 죄의 보속으로 3일간 단식기도를 바치며 하느님에게 자신의 목숨을 맡긴다. 그는 마침내 하느님의 묵시에 따라 주님의 제자 아나니아로부터 성령의 은사를 받고 눈을 뜨게 된다. 그 후로 바오로는 하느님을 섬기면서 이번에는 반대로 유대인들의 박해를 받기 시작한다. 그는 수많은 곳으로 전교 여행을 할 때마다 온갖 수난을 당한다.

"나는 감옥에도 갇히고 죽을 위험을 당했으며 수많은 냉대와 학대를 받았습니다. 유대인들로부터 돌팔매를 당했고, 유대인들에게 잡혀서 다섯 번의 태형을 당했고, 로마인들에게는 세 번의 태형을 당했습니다. 바다에서는 배가 세 번이나 태풍에 침몰했고, 일주일 동안 표류한 적도 있었습니다. 선교여행 중에 강물에 밀려 떠내려간 적도 있었고, 강도를 만나서 죽을 뻔했던 적도 있었으며, 이방인들과 동족들로부터 모함받아 위험에 빠진 적이 한두 번이 아니었습니다. 심한 중노동에 시달려 쓰러졌으며 불면의 밤을 뜬눈으로 지새운 적도 많았고, 굶주림에 허기가 지고, 갈증으로 혀가 타기도 했습니다. 추위에 떨며 헐벗은 적도 있었습니다만, 그 모든 것을 주 예수 그리스도를 위해 참아낼 수 있었습니다. 주님이야말로 나의 모든 것입니다. 내가 이 세상에 사는 것이 아니라, 주님이 내 안에 사시기 때문입니다."

성 바오로는 사랑하는 예수를 위하여 생명을 바칠 것을 가장 원했다. 그는 네로황제의 박해 중에 체포되어 서기 67년 참수당하여 순교자로서의 삶을 마쳤다. 그가 참수당한 곳에는 오늘날 유명한 성 바오로 대성전이 세워져 있다. 김 부제는 그 생각을 하면서 젖은 눈가를 훔쳤다. 그분께서 온갖 고통과 시련을 견딜 수 있었던 것은 주님이 내 안에 사시기 때문이라고 말했다. 그렇다. 하느님의 교회를 바로 세우기 위해서는 성 바오로가 겪었던 시련과 고통만큼은 견뎌내야 비로소 강해질 수 있다. 그것이 조선교회를 구하는 길이다.

앞으로 나는 서해에서 배가 세 번이나 난파당하고, 바다에서 일주일 이상을 표류당할 수 있는 상황이 오더라도 절대 좌절하지 않을 것이다. 김 부제는 어느 정도 몸이 회복되긴 했지만 골배마실에 계실 어머니를 찾아볼 엄두를 낼 수조차 없었다. 그동안 김대건 부제는 「조선 순교사와 순교자들에 관한 보고서」를 써야 했고, 신학생 지망생들에게 3개월에 걸쳐서 신학 공부를 시켜야 하는 바쁜 일정을 보내고 있었다. 더구나 그가 입국한 사실이 고향에 알려지게 되면 관가에서 가만있을 리가 없다. 그는 페레올 주교가 조선에 와서 살 집을 현석문에게 부탁해두었다. 처음에는 인적이 드문 충청도 해안가로 숙소로 정할까 했지만, 시골일수록 보안 유지가 어려워서 포기했다.

결국 관가의 눈을 피하기 좋은 한양의 은밀한 골목집으로 정했다. 현석문은 위험을 무릅쓰고 석정동(돌우물 골)에 집 한 채를 사서 자기 이름으로 등기를 마치고 배를 구하기 시작했다.

"말씀대로 배를 수소문해보았더니 마침 1백 46냥[2]짜리 배 한 척이 나왔습니다. 큰 배는 아니지만 튼실해서 마음에 듭니다. 그런 배로도 그 험한 서해를 건너 중국까지 갔다 올 수 있는지는 제가 경험이 없어서 판단할 수는 없습니다만."

현석문은 배에 대한 전문지식이 없었다. 단지 교우 중에서 뱃일을 하는 사람들이 추천한 배를 골랐을 뿐이다. 배라면 김 부제도 프랑스의 에리곤호를 타본 경험밖에는 아는 것이 없었다. 더구나 그 배는 일반 고깃배가 아니라 아주 큰 전함이었다.

"형제님이 맘에 들었다면 한번 봅시다."

---

2 냥: 당시 1냥의 현재 화폐가치는 7만 원에 해당.

김 부제는 석정동에 머무르면서 건강이 어느 정도 회복되자 서해를 횡단할 배를 직접 보러 갔다. 배는 닻을 내린 채 덮개가 씌워져 있었다. 배의 길이는 25자, 너비가 9자, 깊이가 7자니까 지금의 기준으로는 8미터쯤의 길이에 폭이 2미터 남짓한 작은 돛배였다. 배 판장의 이음새는 쇠못이 하나도 없이 널판마다 대나무 못이 깊이 박힌 채, 서로 단단히 맞물려 있었다.

가마니 식으로 짠 높은 대형 돛폭 두 개가 달려 있고, 반쯤 썩은 풀로 꼬아 감은 양수기가 하나, 갑판은 널빤지가 깔려있을 뿐이다. 배 안으로 빗물이 고이거나 파도가 넘치면 선원들이 물을 퍼내야 한다. 곧이어 항로를 잡는 사공을 구하고, 목공을 구하고 건장한 청년들을 은밀히 모았다. 선장은 김대건 부제, 선원 현석문, 이재선, 최형 등 4명, 그리고 나머지는 순교자의 가족들과 농사꾼 출신들로 바다를 본 적도 없는 사람들을 포함해서 모두 11명이 되었다. 선원 지망생들은 모두 배의 행선지를 궁금하게 여겼지만, 그것은 극비사항이어서 김 부제는 그들에게 그 점을 솔직히 털어놓았다.

"이 배는 아주 먼 바다로 나갈 것입니다. 행선지는 말해줘도 여러분이 어딘지 모르는 곳입니다. 뱃길이 끝나는 곳이 우리들의 목적지가 될 것입니다. 이제부터 우리가 할 일은 주 하느님과 성모님에게 기도의 힘을 빌려 모두 함께 힘과 용기로 파도와 싸워야 합니다. 우리는 반드시 해낼 수 있습니다."

그때 뱃사람 중의 한 사람이 말했다.

"우린 노련한 선장님을 모셨으니까 걱정은 안 합니다. 우리가 성심껏 선장님의 손발이 되어드리겠습니다."

선원들에게 행선지가 머나먼 청나라 땅 상해라는 것과 신징은 항해 경험이 전혀 없는 것은 물론 이 배는 거친 서해를 횡단하여 조선교구의 주교님을 모시고 와야 하는 험난한 항해가 될 것이라는 말을 하지 않았다. 그 말을 하면 모두가 하선할지도 모른다. 다행히 선원들은 김 부제를 노련한 일등 항해사로 여겼다.

김 부제는 일찍이 마카오의 리바 신부에게 미리 부탁했던 나침반 한 개와 중국과 조선 해역이 그려진 지도 한 장, 바다에서 눈 부신 햇살을 가려주는 중국제 초록색 안경(선글라스)을 챙기고, 출발 준비를 마쳤다. 김 부제가 서해횡단의 무모한 도전장을 내고 제물포 연안에서 돛을 올린 날은 1845년 4월 30일이었다.

요나¹의 돛배

　첫날의 항해는 '순풍에 돛 단 듯이 간다.'는 말이 어울릴 정도로 잔잔한 파도 위로 쾌적하게 달리는 순항이었다. 그 정도를 두고 서해의 파도가 악명이 높다고 아무도 말하지 않았을 것이다. 하지만 그날 하루는 바다가 잠시 숨을 돌리는 시간이었다. 항해의 둘째 날부터 바다는 마침내 기지개를 켜고 너 한번 잘 만났다는 듯이 사흘 동안 밤낮없이 폭풍이 휘몰아치기 시작했다. 바닷바람은 작은 배를 손바닥 위에 올려놓고 마치 채를 치듯 흔들어 댔다. 산더미 같은 파도가 후욱하고 몰려오면 배는 까마득하게 하늘 위로 높이 솟구쳐서 공중에 떴다가 낭떠러지로 미끄러지듯 깊은 파도의 계곡 속으로 휘말려 들어갔다. 그때마다 돛배는 바다 위에 뜬 한 잎의 가랑잎이었다.

　언제 배가 어느 파도의 아귀 속으로 빨려 들어갈지 알 수

---

1 요나: 구약성서에 나오는 이스라엘의 예언자.

없었다. 선원들은 모두 멀미로 넋을 잃고 토악질해대며 갑판에 납작 엎드려 있었다. 배가 뒤집히는 위기의 순간이 언제 닥칠지 아무도 몰랐다. 선장 김대건은 그 파도 속에서도 선원들에게 용기를 독려하느라고 애를 썼다. 선원 중에 경험이 많은 사공이 선장에게 할 일들을 말해 주면 선장 김대건은 남은 선원들에게 추상같은 목소리로 명령을 내리는 것이 고작, 태풍 속에서 선장의 명령은 아무런 위력이 없었다.

"종선을 끊어라!"

돛배가 끌고 가던 작은 어선 하나가 오히려 본선의 항해에 방해가 되었다. 그들은 종선이 매달린 밧줄을 끊어버렸다. 그래도 배가 가라앉게 하지 않으려면 무게를 더 가볍게 할 수밖에 없었다. 선원들이 겨우 기어서 돛배의 뒤에 매달린 종선을 끊었다. 종선은 삽시간에 파도에 휩싸이며 사라졌다.

"돛대 두 개를 베어버리고 짐짝들을 모두 바다에 던져라!"

돛대가 없으면 바람의 영향을 덜 받지만, 배의 방향을 잡을 수 없게 되고 배의 속도도 조정이 불가능해진다. 그것도 파도가 없을 때의 얘기다. 그래도 우선 배를 가볍게 하지 않으면 침몰의 위험이 커진다. 그들은 떠날 때 애써 챙겨

온 짐들을 바다로 마구 내던지기 시작했다. 모두 항해에 필요한 식량과 생활필수품들이었지만 침몰하면 그도 저도 다 소용이 없게 되니 도리가 없었다. 선원들은 모두 동아줄로 허리를 함께 엮었다. 배에서 바다 밖으로 튕겨 나가는 일을 막기 위해서였다. 그들이 할 수 있는 일이라고는 심한 멀미에 울부짖는 것과 악을 쓰고 토악질해대는 일과 두려움을 받아들이는 일뿐, 김 부제도 그들과 똑같았지만, 앞에서 절망의 표정을 보이지 않았다.

"성모님이 우리를 도와주십니다. 두려워하지 말고 용기를 갖고 기도합시다. 우리는 파도를 이길 수 있습니다."

김 부제는 겉으로나마 태연하게 성호를 그으며 성모의 상본을 그들에게 보여주면서 용기를 북돋아 주었다. 선장이 먼저 두려워하면 선원들의 두려움은 두 배 세 배나 커진다. 그 배짱을 보여주기도 어려운 일이었다. 김 부제의 외침 소리에 선원들이 할 수 있는 일이 하나가 더 추가되었다. 그들은 절망과 고통의 탄식을 기도로 대신했다.

"주여! 저희가 이 시련을 이기게 하소서!"

그저 단순히 외쳐대는 소리보다 기도의 외침이 선원들에게 힘과 용기를 북돋아 주는 데 큰 보탬이 되었다. 성모님이 기도를 들어 줄 것이라는 확신이 더욱 컸다. 그 위기 속에서도 선원 중의 한 명이 예비신자라고 하면서 죽기 전에 성사를 받고 싶다고 김대건 선장을 향해 크게 외쳤다. 김 부제는 그에게 가까스로 다가가 그의 머리에 강복해주고 성세를 주었다.

'주여! 위험에 빠진 저희를 구하시고, 주님의 자녀가 되고자 하는 어린 양에게 세례를 베푸오니, 이 자의 죄를 용서하시고 주님의 자녀로 거듭나게 하소서.'

세례성사는 자신이 지금까지 이 세상에 살면서 지은 죄에서 벗어나서 하느님의 자녀로 거듭 태어나는 것이다. 세례를 받는 것은 교회 안에서 하느님과 한 몸이 되어 주님의 사명에 함께한다는 뜻이다. 그때부터 나는 혼자가 아니라 하느님과 한 몸이 되는 놀라운 변신을 이루었다.

세례는 세례를 받는 자가 세례받을 의사표시가 있어야 할 수 있다. 그가 죽음의 위기에 처한 경우에도 그리스도의 계명을 지키겠다고 약속해야 할 수가 있다. 항해하는 도중에 한 예비신자가 김 부제로부터 성세를 받은 대목은 훗날 김대건 신부가 쓴 편지에서 그 사실이 밝혀졌다. 김 부제는 태풍 속에서 세례를 베풀었다.

마침내 큰 파도가 높이 솟구치더니 배의 선미에 있는 키가 큰 소리를 내며 부러지고 말았다. 선원 넷이 겨우 달려

들어 돛을 둥글게 말아서 바다에 던져 키 역할을 대신하도록 했다. 잠시 후에는 그마저 파도에 휩쓸려 버렸다. 이번에는 배에 있던 멍석을 나무토막에 싸서 키로 대신 썼지만 또다시 그마저 파도가 삼켰다. 이제는 하느님의 뜻에 선원들의 목숨을 맡길 수밖에 없었다. 김 부제는 얼굴에 파도를 계속 맞으며 힘차게 기도했다.

'주님에게 저희 목숨을 맡깁니다. 주님께서 저희 배의 키가 되어주시어 배가 뒤집히지만 않도록 가장 큰 파도부터 먼저 막아주소서. 어떤 역경에도 우리 배는 청나라 상해에 도착해서 저희를 노심초사 기다리며 안전한 항해를 기도하고 계시는 페레올 주교님을 만나야 합니다. 육로도 안 되고, 바닷길도 안 된다면 저희는 가련한 처지에 빠진 조선의 어린 양들을 구원할 수가 없게 됩니다. 지금 조선의 교우들은 해 뜨기를 기다리는 심정으로 주교님이 조선에 오기를 갈망하고 있습니다. 저희 기도가 주 하느님의 뜻과 같게 하소서. 저희는 주님의 종이 오니 그대로 이루어주소서.'

구약성서의 요나는 배를 타고 항해 도중, 무서운 폭풍을 만났다. 뱃사람들이 온통 우왕좌왕하면서 울부짖고 있을 때 요나 예언자는 혼자 코를 드렁드렁 골면서 깊은 잠에 빠져있었다. 사람들이 놀라서 요나 선지자를 마구 흔들어 깨웠다.

"당신은 이 폭풍 속에서 어떻게 그리 혼자 편안히 잘 수가 있단 말이오. 어서 깨어나서 당신이 믿고 있는 신을 불러서 우리들이 이 파도에서 침몰당하지 않도록 기도해주시오."

배에 탄 사람들이 다그쳐 물었을 때 요나는 그들에게 말했다.

"나는 창조주 하느님의 종이니 나를 바다에 던지시오. 그러면 바다가 잔잔하게 될 것이오. 이 폭풍은 나 때문이오."

뱃사람들이 요나를 바다에 내던지는 순간 폭풍이 그쳤다. 주님께서는 큰 물고기로 하여금 요나를 삼키도록 했다. 요나는 바닷고기의 뱃속에서 사흘간 숨어 살다가 고기가 그를 육지로 토해내면서 밖으로 나올 수 있었다. 김 부제는 요나의 기적이 일어나기를 원했다. 폭풍과 파도에 지친 선원들은 이미 배 바닥에 엎드린 채 지쳐서 잠이 들었다. 그들은 잠든 것이 아니라 기절했다.

그들은 이미 예언자 요나처럼 목숨을 맡겨버린 하느님의 종이 되었다. 그 순간 바람이 점차 잦아들면서 파도의 위세가 조금씩 꺾이기 시작했다. 모두 잠에서 한 둘씩 깨어나더니 살아난 기쁨의 눈물을 흘리며 하나같이 성호를 긋고, 하늘을 우러러 감사의 기도를 올렸다. 죽음으로부터 겨우 살아난 것이다. 어부 출신 사공과 목수가 나서서 사태를 수습하기 시작했다. 그들은 배 안의 널빤지들을 주워 모아 싸매고, 비상키와 돛을 만들었다. 그렇게 바람을 타고 바다 한가운데서 이리저리 표류하고 있을 때, 멀리 구름과 안개 사이로 어렴풋이 육지의 윤곽이 들어왔다. 선원들은 일제히 환호성을 질러댔다.

"육지다!"

바다에 표류한 사람들에게 육지는 구원의 희망이었다. 멀리 중국 선박들이 서서히 항해하는 그림 같은 풍경도 눈에 들어왔다. 다른 배들이 김 부제의 배를 보면 침몰 직전의 난파선이라는 것을 금세 알 수가 있다. 배는 돛대도 부러지고, 키도 없었으며 거의 파도를 따라 표류하는 갈대에 불과할 뿐이었다.

김 부제는 마침 곁으로 다가오는 한 척의 산둥반도 화물선을 향해 옷을 벗어서 흔들고 북을 둥둥 쳐서 구원을 요청했다. 김 부제가 바짝 다가온 중국 산둥성의 배 위에 뛰어올라갔다.

"우린 난파되었소. 우리 배를 상해까지 끌어다 주시면 은전 1천 냥을 드리겠소."

뱃사람이 그 정도 금액에 안 하겠다고 말할 이유가 없다.

"알겠소. 우리가 유인해드리겠소."

마침내 그 배 선장은 은전 1천 냥에 조선 배를 유인해주겠다는 약속을 했다. 돈은 도착한 후에 지불하겠다고 말했다. 중국 산둥성의 배가 김 부제의 돛배를 밧줄로 묶어 견인을 시작했다. 그 배에 유인되어 상해로 향해 가던 8일째가 되는 날에도 큰 태풍이 몰려와서 여러 번 죽을 고배를 겨우 넘겼다.

그 태풍으로 뒤따라오던 다른 중국 배 한 척이 전복되어 선원들이 모두 익사하고 단 한 사람만이 구조되었다. 김 부제는 그 현장에서 살아남은 사람을 실제로 목격할 수 있었다. 그렇게 서해를 휩쓴 태풍으로 중국 강남 쪽 앞바다에서는 선박 30여 척이 침몰했다는 소식을 들은 것은 그들이 상해에 도착한 후였다.

그런 큰 태풍에서도 한 잎의 나뭇잎에 불과한 조선 배가 살아남을 수 있었던 것은 분명 천주님과 성모님이 키를 잡아준 덕분이라는 것을 선원들은 믿지 않을 수가 없었다. 중국 산둥성 화물선에 유인되고 있는 동안에 근해에서 해적선 한 척이 나타났다.

당시 해적선들은 큰 화물선에 접근해서 총포를 발사하고 접근해서 선원들을 감금하고, 배를 통째로 견인해가거나,

짐들을 몽땅 약탈하고 배에 불을 질러버린다. 해적선은 산둥성 화물선 선장을 향해 '배를 멈추고 가진 것들을 모두 내놓아라!'고 위협했다. 그때 김 부제는 산둥성 배의 선장에게 총격을 가하라고 소리를 버럭버럭 질렀다. 잠시 두려워서 머뭇거리던 산둥성 배에서는 김 부제의 말을 듣고 겨우 해적들을 향해 사격을 개시했다.

산둥성 화물선 선원들이 해적선을 향해 동시에 총을 쏘아대자, 해적선은 당해낼 수 없다는 것을 알았는지 그대로 달아나 버리고 말았다. 마침내 김 부제는 조선을 떠난 지 28일 만에 상해의 초입에 있는 오송 항구 입구에 도착할 수 있었다. 중국 배의 견인이 풀리자 11명의 선원은 모두 감격의 눈물을 흘렸다.

조선의 난파선이 태풍으로 중국 해안에 표류한 경우에 중국 측에서는 배를 몰수하고 불태워버린 후에 선원들은 북경을 거쳐서 조선으로 모두 압송시킨다. 김 부제는 그 사실을 미리 잘 알고 있었다. 그대로 두면 곧바로 청나라의 국경경비대들이 달려오고 그들은 몽땅 불법 입국자로 체포될 것이 뻔했다.

"배를 저쪽 영국 선박들 사이에 넣고 닻을 내려라!"

김 부제는 사공들에게 소리쳤다. 배는 영국 배들이 정박해있는 쪽으로 파고들어 가 겨우 닻을 내렸다. 김 부제는 배가 멈추자 재빨리 영국 배의 갑판으로 뛰어 올라가 외쳤다.

"보시오, 나는 조선 사람이오. 좀 도와주시오!"

곧이어 영국인 선장과 선원들이 무슨 영문인지 몰라 김 부제를 에워쌌다. 그들 중에 프랑스어를 구사하는 존 앰슨이라는 선원이 김 부제의 말을 영어로 통역해주어 그들과 소통에는 장애가 없었다. 그들은 태풍으로 조선 배에서 조선인 선장이 뛰어 들어와 유창한 프랑스어를 구사하는 것을 놀랍고 신기하게 바라보았다.

저 동양인은 누군데 프랑스 말을 저렇게 잘하는 것일까? 김 부제는 영국 선원들에게 조선과 청나라 간에 표류한 배와 선원들을 처리하는 법을 설명해주고, 지금 조선 배가 어떤 궁지에 몰려있는지를 설명해주었다. 김 부제가 먼저 말했다.

"우리는 배가 수리되는 대로 곧 조선으로 돌아갈 것이오. 그러니 청나라의 관리들이 오면 당신네들이 힘이 좀 되어주시오."

"알겠소. 우리들이 당신들을 보호해줄 터이니 걱정하지 마시오. 한데 당신은 어디로 가다가 태풍을 만난 것이오?"

"우리는 조선의 천주교인들입니다. 중국에 계시는 조선 교구의 주교이신 프랑스 신부님 한 분을 모시러 오는 도중에 태풍을 만난 것입니다. 혹시 프랑스 영사관을 통해서 조선교구 페레올 주교님과 연락이 될 수 있도록 해주시겠습니까?"

"우리가 프랑스 영사관에 연락해드리겠소."

그 말이 끝나자마자 청나라의 해안 경비대들이 금세 들이닥쳤다. 그들은 김 부제에게 어디서 온 누구며 이곳에는 무슨 이유로 허가도 없이 입항했느냐고 따지기 시작했다. 그들로서는 당연한 조사였다. 김 부제는 청나라의 출입국 관리들에게 유창한 중국어로 우리는 조선에서 온 사람들이며 심한 풍랑에 휩쓸려 표류하다가 이곳까지 표착하게 된 불가피한 사정을 설명해주었다.

그때 영국 선장이 청나라 관리들에게 '우리가 이 배의 선장과 잘 아는 사이'라고 말해주었다. 청나라 관리는 영국 선장의 말을 들어선 지 관대하게 대해주면서 다음 날 불법 입국자를 관할하는 관청으로 출두하라고 말하고 되돌아갔다. 그만한 호의를 베풀어주는 것도 대단히 큰 선심을 베풀어 준 셈이었다.

오송항에 입항한 첫날 밤에는 영국 선원들이 조선인들이

풍랑에서 살아난 축하하는 뜻으로 쇠고기와 포도주를 선물로 보냈다. 선원들은 오랜만에 그 선물을 받아서 잘 먹고 잘 마시고 깊은 잠에 곯아떨어졌다. 그다음 날 아침에 김대건 부제는 영국 선원 존 앰슨과 중국어 통역관을 대동하고 오송항의 청나라 국경관리소로 갔다. 청나라 관리는 조선 배를 관례에 따라 처리하겠다고 말했다.

"우리는 청나라 황실에 조선 배가 표착한 사실을 보고할 것이오. 배는 우리가 폐기처분을 할 것이며 당신들은 곧 육로를 통해 본국으로 송환할 테니 그리 아시오."

그때 김 부제는 침착한 어조로 청나라 관리에게 말했다.

"나도 조선과 청나라가 지금까지 해온 관례를 잘 알고 있소만, 우리가 이렇게 된 것은 태풍 때문에 불가피하게 이쪽 해안으로 밀려온 것이지 밀입국할 의도가 전혀 없었소. 당신들이 우리를 강제 추방하지 않더라도 우리가 알아서 돌아갈 것이오. 우리가 육로로 가지 않고 다시 바다로 귀항하면 이 모든 일들은 없었던 일이 되지 않겠소? 저희들은 바다에 빠져 죽지 않고 귀국의 땅을 밟게 되었고, 귀국의 물을 마시고 살아난 것만으로도 감사하기 짝이 없습니다. 바라건대 상해의 관리들에게 배 수리만 할 수 있게 해주신다면 즉각 떠날 것이니 관대한 처분을 바랍니다."

이어 함께 갔던 영국 선원 존 앰슨이 조선 배의 선장과 함께 상해로 가서 배 수선을 도와줄 것이라고 말했다. 청나라 관리는 김 부제가 영국인과 대화가 소통되는 것을 보고 크게 놀라는 눈치를 보이는 한편 영국 선원이 청나라 관리에게 선처를 부탁하면서 얘기가 잘 되었다. 김 부제는 배를 빼앗기고 선원들이 모두 육로를 통해 조선으로 압송되는 최악의 경우를 겨우 모면할 수 있었다.

김 부제는 존 앰슨이 내준 보트를 타고 상해로 가서 프랑스 영사관을 찾아갔다. 프랑스 영사는 뜻밖에도 이미 마카오에 있는 페레올 주교로부터 조선 배가 상해에 오면 연락해달라는 부탁을 받았다고 전해주었다. 김 부제는 순간 눈물이 왈칵 솟구쳤다.

페레올 주교는 조선 땅을 벗어난 작은 배가 태풍에 키가 부러지고 돛도 없고, 식량도 마실 물도 없는 최악의 상황에서도 고통과 시련을 이겨내고 끝내 상해에 도착하고 말 것이라는 믿음과 신념을 갖고 있었다는 것을 알았다. 놀라운 확신이었다.

그렇다. 주님께서는 페레올 주교에게 바닷길을 뚫어주시겠다는 계시를 이미 주셨다. 어쩌면 그 험난한 혼돈의 항해 속에서 가장 오묘한 길을 찾아내는 기적의 지혜를 일러주었을지도 모를 일이었다. 김 부제의 항해 경험담은 훗날 그가 1845년 6월 4일 상해에 머물러 있는 동안 마카오의 리바 신부에게 보낸 편지가 공개되면서 오송항에 도착한 후의 경과 상황과 함께 알려졌다.

「리바 신부님, 해적을 물리친 후에 저희는 오송에 무사히 도착했습니다. 청나라의 고위 관리들이 우리 배의 불법 입국을 시비 삼아, 우리들의 정체를 파악하려고 밤에는 경비병들이 우리 배를 감시하고, 상해시장도 우리 배에 쌀 두 섬과 쇠고기 20근을 들고 와서 염탐하고 돌아갔습니다. 그들은 청나라의 법에 따라 표류한 조선 배와 선원을 처리하지 못한 것이 불안했던 것입니다. 더구나 제가 불어와 중국어로 영국 선원들과 소통하고, 영국 선장도 조선 배를 보호하고 두둔해주는 것도 의문이었던 것입니다. 그동안 청나라 관리는 저를 두 번이나 소환해서 조사했습니다만 그들은 프랑스 함대장 세실 제독을 통해서 제 얘기를 듣고 난 후에야 모든 문제가 잘 해결될 수 있었습니다. 저는 배가 수리되는 동안 상해에 정박할 수 있는 허가권을 받고서야 비로소 자유로워졌습니다.」

땅에서 맺힌 것은 땅에서 풀어라

김대건 부제는 상해에서 배 수리를 하는 동안 어느 중국인 교우의 집에 잠시 머물러 있었다. 페레올 주교가 상해주재 프랑스 영사에게 김 부제를 각별히 보호해주도록 부탁한 임시숙소였다. 그 집에 머무는 동안 김 부제는 마카오에서 잘 알고 지내던 고틀랑 신부와 만났다. 그는 예수회 소속으로 병환 중인 강남 교구장 베시 주교의 총대리 일을 대신 맡아서 하고 있는 중이었다.

"큰돈은 아니지만 급한 곳에 우선 쓰시오."

고틀랑 신부는 김 부제에게 급한 돈 5백80원의 선교자금을 먼저 지원해주었다. 김 부제는 그 돈을 받아서 먼저 난파선을 오성까지 예인해준 중국 산둥성 선장에게 400원을 지불하고, 남은 돈은 선원들의 생활비로 충당할 수 있었다. 김 부제는 상해의 교우 집에 오래 머물러 있을 수 없었다. 그 집 주인이 수상한 사람을 숨겨주고 있다는 중국 관리들의 오해를 받고 있었기 때문이었다. 집주인도 그 점을 퍽 힘들어하는 눈치였다. 그 당시 중국인들은 낯선 사람들에 대한 경계심이 심한 편이었다. 중국인은 본래 배타성이 강한 민족이어서 잘 모르는 사람들과 어울리는 것을 꺼렸다. 그 시기에는 중국인은 물론 동양인들 가운데 서양인과 말이 통하는 사람이 거의 없었다. 그래선지 조선 배가 머물러 있던 항구 주변의 중국인들은 김 부제를 중국어로 꽤 구꽈이렌(괴상한 사람)으로 통하고 있었다. 조선인이 중국어와 불어에 능통한 것은 놀라운 구경거리가 되었던 것이다.

만일 김 부제가 오송항에 입항했을 때 영국 선원들의 보호가 없었더라면 지금쯤은 모든 상황이 비극적으로 끝났을지도 모르는 일이었다. 무시운 지옥의 항해를 겪고 살아나서 중국 관리들에게 붙들려 조선에 압송당했다면 얼마나 억울한 일이겠는가. 그런 생각이 들면 김 부제는 등골이 오싹했다. 상해의 출입국사무소 하급 관리들은 조선 배가 빨리 떠나주기를 바라는 눈치였다. 훗날 일이 잘못되어 상관으로부터 책임추궁을 당하면 어쩌나 싶었기 때문이었다. 이따금 부두에서 관원들이 언제쯤 떠나느냐고 물으면 김 부제는 '배 수리가 끝나야 떠나지 않겠소?' 하고 퉁명스럽게 쏘아붙이기도 했다.

김 부제는 배 수리가 끝난다 해도 마카오에서 페레올 주교가 도착할 때까지는 어떻게든 상해에서 버티고 있어야

했다. 김 부제가 상해에서 페레올 주교에게 마지막 쓴 편지
에는 이런 글이 나온다.

「신부님, 우리 배는 이미 수리가 끝났고, 지금은 종선을 만드
는 중입니다. 저희는 모두 건강하게 잘 지내면서 주교님이 도착
하는 날만 초조하게 기다리고 있습니다. 이곳 프랑스 영사님께
서도 저희를 극진히 보살펴주고 계십니다. 강남의 베시 주교님
은 병이 완쾌되지 않으셔서 아직도 집무실에 나오지 못하시고,
고틀랑 신부님이 대신 주교님의 일을 맡아서 하신답니다. 난징
에서 천주교인들에 대한 박해사건이 일어났다는 소식이 들려서
약간 걱정도 됩니다. 상해에 오실 때는 선원들과 고마운 분들에
게 선물로 줄 상본과 성물들을 많이 갖고 오시길 기대하고 있습
니다.」

배가 정박해있는 동안 고틀랑 신부는 조선인 선원들에게
고백성사도 주고 미사도 들려주곤 했다. 11명의 선원은 모
두 교우들인 데다가 대부분 순교자 가족이다. 그중에는 온
가족이 모두 치명하고 혼자 살아남은 사람도 있었다. 선원
들은 조선에서 사제를 만난 적이 없어서 고해성사를 애타
게 갈망하고 있었다.

천주교회 안에서 고해란 고해성사의 준말로 세례를 받은 후 범한 죄를 고백한 후 용서를 받는 성사 행위 중의 하나다. 사제는 고해성사를 통해서 인간의 권한으로 죄를 사하는 것이 아니라, 주 예수 그리스도로부터 받은 권리를 대신 행사하게 된다.

「나는 분명히 말한다. 너희가 무엇이든지 땅에서 매면 하늘에도 매여 있을 것이며, 땅에서 풀면 하늘에서도 풀려 있을 것이다.(마태 18·18)」 또한 「누구의 죄든지 너희가 용서해 주면 그들의 죄는 용서받을 것이고, 용서해 주지 않으면 용서받지 못한 채, 영원히 남아있을 것이다.(요한 20·22)」라고 명백한 사죄권을 사제들에게 주었다. 그 권리는 예수 그리스도가 사도들을 통해서 주교와 사제들에게 사죄권을 전한 것이다.

고해성사는 하느님과 내가 화해하는 방식의 하나다. 이 성사를 받기 위해서는 첫째, 죄를 성찰해야 하고 둘째, 죄를 뉘우치는 통회가 있어야 하고, 셋째, 통회한 죄는 다시 저지르지 않겠다는 결심을 하는 정개. 넷째, 그 죄를 신부에게 고백하는 고명. 다섯째, 범한 죄에 대한 대가를 치르는 보상이나 보속이 필요하다.

우리 몸에 가시가 박혔거나 독소가 들어가면 가시는 빼

내고 몸도 해독시켜야 하듯이, 우리 영혼이 죄의식에 감염되어 있으면 그 상처는 반드시 고백을 통해서 풀어야만 치유될 수가 있다는 것이 천주교회만이 가진 독특한 정신 치유 요법이 바로 고해 제도다.

먼저 김대건 부제가 고틀랑 신부 앞에 무릎을 꿇고, 고해성사를 한 다음, 선원들이 차례로 다가와서 무릎을 꿇었다. 김 부제가 곁에서 고죄 내용을 고틀랑 신부에게 통역해야 한다. 고틀랑 신부는 본래 통역을 통해서 하는 고백성사는 길게 할 의무가 없으니 될수록 짧게 하도록 선원들에게 주의시켰다. 그러나 교우들은 첫 고백성사거나 수년 만의 기회여서 계속 길어졌다.

고백성사가 끝난 후, 그날 밤 대도시 상해의 조선 배 위에서 고틀랑 신부와 김 부제는 제대 앞에서 선원들과 함께 미사를 드렸다. 상해에서 드린 첫 미사성제는 모두에게 큰 기쁨과 감동을 안겨주었다. 그들은 그 미사를 통해서 조선교구 제3대 페레올 주교를 모시고 갈 작은 배가 서해를 무사히 건널 수 있도록 기도했다.

그들은 조선교회가 하루빨리 박해에서 벗어나서 신앙의 자유를 만끽할 수 있는 은총이 내려주시도록 간절히 기원했다. 조선교회는 신앙의 자유가 가장 큰 소망이다. 미사가 끝난 후에 김 부제는 조선 선원들에게 기쁜 소식 하나를 전해주었다.

"교우 여러분, 페레올 주교님께서 마카오를 떠나셨다는 소식이 왔습니다. 머잖아 이곳에 도착하게 될 것입니다. 그와 함께 우리 배에는 귀한 신부님 한 분을 조선교회에 모실 수 있게 되었습니다. 그분은 다블뤼 신부님(한국명: 안돈이)으로 조선 선교사로 파견되어 페레올 주교님을 돕게 될 것입니다. 조선교회는 두 분의 신부님을 모시게 되는 영광을 갖게 되었습니다."

조선 선원들은 그 소식을 듣고 환호성을 질렀다. 다블뤼 신부는 프랑스 아미엥 출신으로 파리 외방전교회 선교사의 해외선교를 자원하고 마카오에 머물던 중이었다. 다블뤼 신부는 본래 일본교구 소속인 류큐 지역으로 파견될 예정이었으나, 페레올 주교의 요청으로 리바 신부가 그의 발령 임지를 조선으로 바꾸어주었다. 그가 조선 파견을 앞두고 마카오에서 고향의 가족들에게 보낸 편지를 보면 당시 그가 조선교회로 발령이 난 심경이 잘 드러나 있다.

「부모님, 저는 류큐 지역으로 파견될 예정을 바꾸어 페레올 주교님을 모시고 오랫동안 목자를 잃은 가엾은 조선에 은밀히 입국하게 되었습니다. 케가 지금 얼마나 행복한지를 부모님께서는 상상도 못 하실 것입니다. 케는 일찍이 이토록 가슴 벅찬 선교 지역을 감히 바라거나 상상해본 척도 없었습니다. 케는 오직 어떤 이유로든지 조선 입국에 방해되는 일이 생길까 두렵기만 할 뿐입니다. 케는 모든 분이 케게 해주시는 기도의 힘을 굳게 믿습니다. 지금까지 모든 선교사는 조선이라는 말을 들으면 두려워했습니다. 혹시 부모님도 케가 조선으로 가게 된다는 말을 들으시고 놀라시거나 걱정하신다면 우리 주 하느님께서 하신 이 말씀을 기억하시기를 바랍니다. '너희는 내 허락 없이는 머리카락 한 올도 빠질 수가 없다.' 케를 조선에 보내시는 분은 주님이십니다. 주님이 보내주시지 않으면 케는 그곳에 갈 수조차 없습니다. 조선에 가게 된 것이 케게는 얼마나 큰 영광이며 은총인지 모릅니다. 케는 지금 그 어느 때보다 기쁘고 행복합니다. 케는 케 기쁨과 행복을 부모님과 함께 나누어 갖고 싶습니다. 주 하느님께서 내린 큰 자비와 은총도 함께 감사드리고 싶습니다.」

다블뤼 신부의 편지를 보면 그가 류큐 지역에서 조선으로 선교지가 바뀐 것은 '그분의 허락 없이는 머리카락 한 올도 빠질 수 없는 나 자신을 하느님께서 조선에 보내주시는 은총'으로 믿는 깊은 신앙심의 교본을 보여주고 있다.

훗날 다블뤼 신부가 조선에서 보여준 사제활동은 그의 하느님 사랑이 얼마나 깊은지를 잘 보여주고 있다. 그는 조선에서 20여 년 머물면서 제3대 페레올 주교와 제4대 베르뇌 주교를 계속 보좌했다가 베르뇌 주교가 순교한 뒤를 이어 제5대 조선교구 주교가 된다. 그는 그토록 사랑하는 조선 교우들을 헌신적으로 돌보는 중에도 충북 제천의 베론에 한국 최초의 신학교를 세우기도 했다. 다블뤼 주교는 1859년에 조선교회의 순교자 150명의 자료를 방대하게 수집하고 정리해서 파리의 외방전교회로 보냄으로써 그 유명한 〈다블뤼의 비망록〉은 훗날 샤를르 달레가 〈조선천주교회사〉를 집필하는 중요한 핵심 자료가 되었다. 그가 아니었더라면 조선교회의 사초는 존재할 수도 없었을 것이다.

다블뤼 주교는 1866년(고종 3년) 병인박해 때 제4대 베르뇌 주교가 포졸에게 붙들려 3월 8일에 참수당한 후에 그 뒤를 이어 제5대 조선 교구장이 되었지만 역시 충청도 내포에서 체포되어 22일간의 짧은 주교직을 수행한 후에 3월 30일인 예수의 수난축일에 참수 순교하면서 그가 조선에서 그토록 열망했던 주 하느님의 곁으로 가는 대영광의 업적을 완성하게 된다.

그 당시 상해에서 김대건 부제와 조선의 선원 11명은 두 명의 사제를 조선으로 모시는 기쁨에 앞서 무거운 마음도 함께 있었다. 지금까지 서양 선교사들의 무덤으로 유명해진 죽음의 선교지 조선에 가서 두 신부님이 앞으로 당하게 될 참담한 고통과 시련을 어떻게 견딜지 두렵고 죄송스러운 마음으로 가득 차 있었다.

결국 훗날 교우들이 걱정했던 것처럼 페레올 주교는 선종하고, 다블뤼 주교는 참형 순교를 당하지만 상해에서 두 신부를 배로 맞이하는 김대건 부제와 선원들의 마음을 기쁨에 가득 차 있었다. 마침내 페레올 주교는 다블뤼 신부와 함께 마카오에서 출발해서 12일 후에 중국의 베지 주교가 있는 강남교구에 도착했다.

내가 너를 선택했다

페레올 주교와 김대건 부제는 상해에서 감격스러운 재회의 기쁨을 나누게 된다. 페레올 주교는 김 부제를 조선에 혼자 떠나보내면서 너무 어렵고 위험한 모험을 주문했다는 사실을 잘 알고 있었다. 의주를 통해 조선에 입국한 후에 배를 마련해서 상해까지 오는 임무가 험난한 과정이라는 것을 질 알고 있었지만 방법은 하나밖에 없었다 그리고 이제 그 계획은 이제 절반의 성공이었다. 페레올 주교는 그 힘든 미션을 잘 수행한 김 부제에게 하느님의 은총을 내릴 준비를 해두었다.

"조선으로 떠나기 전에 자네의 사제 신품서품식[1]을 갖겠네."

그 말을 듣는 순간 김 부제는 감격의 눈물이 핑 돌았다. 부제 서품식 때 받았던 때보다 더 강하고 격렬한 감동이 한

---

1 서품식(敍品式): 가톨릭 안수로 사제와 부제를 임명하는 예식.

꺼번에 몰려와서 벅찬 가슴을 한동안 억누를 수 없었다. 누구나 하느님의 종이 되는 것은 비록 기대하고 있더라도 충격과 감동이 아닐 수 없다. 주 하느님께서 못난 저에게 그처럼 큰 은총을 내리시다니.

"사제 서품이라니요. 얼마나 황송한 일인지 모르겠습니다. 제가 정말 감히 이 은총과 영광을 받아도 되는 것일까요? 이 은사는 하느님께서 제게 주시는 것이지만 그동안 피와 눈물로 얼룩진 조선교회에 내리는 큰 선물이며 은총으로 감사히 받겠습니다."

신품성사란 천주교회의 일곱 개 성사 중의 하나로 예수 그리스도의 대리자로서 교회의 성사를 대리할 수 있는 권한과 은총을 주교로부터 받는 성사다. 예수 그리스도는 최후의 만찬 때 '나를 기념하여 이 예식을 행하라'고 하면서 사도들에게 신품성사를 주었고, 나의 어린 양들을 대신 돌보는 목자로서의 직무를 맡겼으며, 세상의 땅끝에 이르기까지 어디서나 주 하느님의 증인이 될 수 있는 권한을 주었다. 그 목적은 모든 인류가 원하고 있는 이 세상의 완성과 구원에 있다. 따라서 사제서품은 '내가 사제를 선택하는 것이 아니라, 하느님이 사제를 선택한다.'는 뜻이 있다.

페레올 주교는 상해에서 20여 리 떨어진 곳에 있는 교우촌 금가항 진쟈샹(金家巷, 금가항) 김대건 신부가 사제서품을 받은 상하이의 성당의 작은 성당을 서품식장으로 정했다. 1845년 8월 17일은 주일이었다. 많은 사람이 김대건 신부의 사제 서품 식장에 몰려들었다. 중국인 신부 1명과 서양인 신부 4명이 참석한 성대한 서품식에서 조선의 김대건 신부는 마침내 대망의 꿈을 이루게 되었다.

그 꿈은 김대건 개인의 꿈이 아니라 천주교가 전해진 후 60여 년의 세월과 함께 많은 순교자의 피로 세워진 조선교회가 칭립 14여 년 만에 첫 조선인 신부를 배출한 역사적인 순간이었다. 김대건 안드레아 신부는 사제가 된 후, 일주일 후인 1845년 8월 24일 중국의 예수회 강남교구에 소속된 만당 소신학교 성당에서 다블뤼 신부의 보좌를 받으며 첫 미사를 봉헌할 수 있었다. 김 신부는 제대 위에서 화려한 사제복을 입고, 존경하는 다블뤼 신부의 보좌와 복사들의 도움을 받으며 첫 미사를 드렸다. 많은 교우가 첫 미사를 드리는 김대건 신부를 우러러보면서 그의 기도에 응답했다. 사제는 전 세계인들 가운데 주님의 선택을 받은 아들이다. 신성을 지닌 인간 예수 그리스도가 흘린 피의 제사를 기념하며 재현하는 미사성제는 피조물인 인간이 할 수 있는 가장 신성하고 장엄한 예식 중의 하나가 된다.

성모 마리아는 예수를 낳았고, 사제는 제단에 예수님을 모신다. 성모님은 하느님께서 원하는 대로 〈말씀대로 제게 이루어지기를 바랍니다〉(루가 1·3) 라고 말했고, 사제는 예수님이 원하시는 대로 〈빵을 손에 드시고 감사 기도를 올리신 다음, '이것은 너희를 위해 내어주는 내 몸이다. 나를 기념하여 이 예를 행하라'〉(루가 22·20) 라고 말씀하신 대로 제단에서 예식을 올려 예수의 몸인 성체를 모시게 된다. 성인 토마는 『예수 그리스도의 몸을 제대에 모시는 의식은 권한을 부여받은 그 자격이 위대하다.』고 말했다. 사제는 하느님의 종이기에 주님의 시중을 드는 것이 본분이다. 그것이 사제가 누리는 특권이자 영광이다. 교황도 자신을 하느님의 종중의 종이라고 소개하고 있다. 김대건 신부는 그날 첫 미사를 통해서 하느님의 큰 은총을 받으며 하느님의 위대한 종이 되기를 마음속으로 빌었다.

이제 정식 사제가 된 김대건 신부는 다시 선장이 되어 페레올 주교와 다블뤼 신부를 태우고 조선 귀국의 항로를 떠나야 한다. 훗날 페레올 주교가 파리 외방전교회 신학교 교장 벨린 신부에게 보낸 편지에는 6년 만에 조선 입국을 앞둔 심정이 잘 나타나 있다.

「조선 사람들은 항해를 시작할 때는 해안에서 꼼짝도 하지 않습니다. 하늘에 구름이 덮이면 곧 닻을 내리고, 배 위에 짚으로 된 덮개를 씌우고 하늘이 맑게 개길 기다립니다. 신부님, 이 배의 선장은 케가 일주일 컨에 사케어품을 준 조선의 김대건 안드레아 신부입니다. 그의 항해 경험은 조선에서 상해까지 서해를 단 한 번 횡단한 경험이 컨부입니다. 배의 항로를 맡은 사공과 목수가 한 명씩 있고, 나머지는 모두 농사꾼들이고, 순교자의 가족들입니다. 신부님은 이 작은 돛배 한 척이 그 험난한 파도를 넘어서 상해까지 어떻게 왔으며 상해에 도착한 후에 위험한 중국 관리들을 피하고, 난관을 어떻게 이겨냈는지 잘 모를 것입니다. 이케부터 커와 다블뤼 신부는 지금도 감시의 눈길을 놓지 않고 있는 중국 관리들의 눈을 피해 김대건 신부가 선장인 배를 타야 합니다. 우리는 이 배의 이름을 라파엘호이라고 붙였습니다. 우리는 끝내 라파엘호를 탈 것입니다. 이케 라파엘호가 주님의 섭리로 어떻게 오묘하게 조선에 도착할 것인지 두고 보십시오. 그 영광된 항해에 대해서는 다시 편지를 쓰겠습니다.」

라파엘이란 말은 구약성서에 나오는 하느님의 충실한 심

부름꾼인 일곱 천사 중의 하나로 히브리어로 「하느님이 낫게 하셨다」라는 뜻이다. 라파엘 천사는 구약에서 토비아의 길을 안내했다고 해서 여행자들의 수호신으로 삼고 있는 천사의 이름이다. 페레올 주교가 왜 배 이름을 왜 그렇게 붙였는지는 잘 알 수 있다.

마침내 라파엘호는 1845년 8월 31일 상해를 떠나 밀물을 이용하여 수로로 내려와서 베지 주교의 집 앞에 닻을 내렸다. 라파엘호가 상해에서 떠날 때 추격해오던 중국 경비선은 조류에 떠밀려서 일찌감치 멀리 자취를 감추고 말았다. 하느님께서 그 배를 따돌려주신 것이다. 라파엘호는 양쯔강 운하의 어귀에서 요동 반도로 가는 중국 배를 만났다. 그 배는 천주교 신자가 선주였다. 그 배에는 몽골로 가는 라자리스트 선교사 패브르 신부가 타고 있었다. 중국 배의 선주가 라파엘호에 호의를 베풀어 주었다.

"저희가 라파엘호를 산둥성 앞바다까지 예인해드리겠습니다."

중국의 양쯔강 입구에 있는 상해의 앞 바다에서 북쪽으로 산둥성까지 간 다음, 그곳에서 조선의 제물포 항구까지 직선거리가 가장 조선과 가까운 바닷길이다. 김대건 신부는 선주의 호의를 감사하게 받아들였다. 중국 배는 라파엘

호를 동아줄로 단단히 묶어서 예인을 시작했다. 9월 초순 인데도 날씨는 비를 자주 뿌리고 해풍도 맞바람을 치고 있는 데다가 몹시 추웠다. 중국 배는 세 번이나 출항을 강행했지만 강풍으로 출항을 못 하고 포구로 되돌아왔다.

중국 배들은 맞바람이 치더라도 배를 지그재그로 조금씩 전진시켜서 이동하는 법이 거의 없다. 그들은 역풍이 불면 항해를 멈추고 아무리 멀어도 가까운 포구로 되돌아간다. 안전이 중요한 것은 사실이다. 중국 배는 숭명도 근처의 안전한 정박지에 머물렀다. 항구에는 북쪽으로 가는 1백여 척의 배들이 닻을 내리고 바람이 약해지기를 기다리고 있었다. 배가 폭풍을 피하는 동안 8월 9일 성모 탄생 대축일이어서 다른 배들의 신자들이 미사를 보러 패브르 신부가 있는 중국 배로 모두 옮겨 탔다. 라파엘호의 조선 선원들도 모두 성체를 모시고 밤에는 하늘에 불꽃을 터뜨리는 축제도 즐겼다. 폭풍이 멎자 라파엘호는 중국 배에 끌려 다시 산둥 쪽으로 방향을 잡아 떠났다.

첫날은 순항이었지만 며칠 후에는 집채만큼 어마어마한 파도들이 배를 집어삼킬 듯이 밀려오기 시작했다. 역시 서해의 파도는 선박들을 그대로 놔두는 법이 없다. 중국 배에 견인이 된 라파엘 호는 그 파도를 하루는 견뎌냈지만 끝내 키가 부러지고 돛이 찢겨 달아났다. 파도가 라파엘 호에 큰 물을 쏟아 넣고 밀려가면 모두 물을 퍼내야 했다.

새벽녘에 김 신부는 선원들을 독려하느라 큰소리를 쳤지만 말소리는 파도 소리에 귀에 들리지도 않았다. 페레올 주교와 다블뤼 신부가 놀라서 선실에서 갑판으로 나왔다가 갑판 한쪽이 무너져서 하마터면 둘이 바다로 떨어질 뻔했다. 중국 배는 라파엘 호를 끌고 계속 중국 해안 쪽을 향해 방향을 틀었다. 파도가 심해서 해안으로 피신하려는 것 같았다. 파도가 심해지자, 중국 배는 항로를 항구 쪽으로 바꾸었다. 파도가 잦기까지 항구에서 기다릴 작정이었다.

"우리 배는 항구로 가면 안 됩니다!"

김 신부와 선원들이 중국 배를 향해 외쳤지만 아무도 그 말을 듣지 못했다. 파도 소리보다 더 큰 목청은 바다에 없다. 하지만 그들이 그 말을 들었더라도 중국 배의 선장은 그들의 항로를 바꾸지 않을 것이다. 김 신부는 당황할 수밖에 없었다.

"주교님, 중국 배가 파도를 피해 해안 쪽으로 가는 것 같습니다. 그렇게 되면 두 신부님을 제외한 저희 조선인들은 해안에서 모두 중국 경비대들에게 즉각 체포되고 말 것입니다."

"상해에서도 잘 넘어갔는데 설마 그런 일이 있겠소?"

"아닙니다. 거기선 영국 선원들이 우리의 방패가 되어주었지만 다른 곳에서는 그게 안 통합니다. 저희가 중국 관리들에게 체포되어 조선으로 압송된 후에는 무단 출국자들을 처리하는 법에 따라 사형 언도를 받게 됩니다. 파도가 아무리 두려워도 조선의 법보다는 훨씬 안전합니다. 그러니 신부님들께서는 먼저 중국 배로 갈아타시고 우리는 이 배와 생사를 같이해야 합니다. 지금은 그 방법밖에는 없습니다."

페레올 주교와 다블뤼 신부는 김 신부와 선원들과 헤어지는 것이 무척 괴로웠지만 중국 예인선이 유지로 항로를 바꾸면서 발생한 새로운 상황에 대처할 수밖에 없었다. 두 서양 신부님은 김 신부의 말에 따르기로 하고, 먼저 극한상황을 모면하기로 했다.

그때부터 모두 중국 배를 향해 라파엘 호를 끌어당겨 달라고 외쳐대며 손짓하고 흔들어 댔다. 그 배로 옮겨 타겠다는 의사표시를 적극적으로 한 것이다. 그러자 그들이 라파엘 호의 신호를 알아차리고 예인선에 묶인 밧줄을 잡아당겨 본선과 라파엘호는 겨우 나란히 뱃전을 맞댈 수가 있었다.

"어서 옮겨 타십시오!"

조선 선원들이 두 신부를 중국 배로 옮겨 태우기 위해 신부님들의 허리를 밧줄로 단단히 동여매는 순간이었다. 갑자기 큰 파도 하나가 와락 달려들더니 중국 배에 묶어두었던 예인선 밧줄이 툭 끊어버렸다. 그와 함께 중국 배와 라파엘 호는 순식간에 큰 파도에 밀려 휘익 밀려났다. 한번 밀려난 배는 더욱 멀어졌다.

라파엘호와 중국 배는 어떻게든 서로 가까이하려고 접근을 시도하면서 연신 밧줄을 던졌지만 한 번 간격이 크게 벌어진 두 배는 각자의 파도에 휩쓸리면서 더욱 멀어지고 말았다. 모든 노력은 헛수고였다. 마침내 라파엘호의 신부들과 선원들은 중국 배를 향해 작별의 손을 흔들어 주며 아쉬움을 달래야 했다.

중국 배로부터 분리된 라파엘호는 그때부터 풍랑에 따라 무섭게 떠밀려가기 시작했다. 이제 배는 목적지를 향해 갈 수도 없고, 선장의 의지에 따라 방향을 제어할 방법도 없었다. 라파엘호에 탄 13명은 또다시 기도밖에 할 수가 없었다. 바다와 풍랑이라는 대자연 앞에서는 인간이 얼마나 무력한 지를 항해사들을 누구보다 더 잘 안다. 우주라는 대자연 앞에서 인간이 얼마나 무력한 존재인 가를 우주 과학자들은 누구보다 더 잘 아는 이치와 같다. 하느님과의 기도 속에 사는 사제들은 하느님이 대자연을 제압한다는 것을 잘 알고 있었다.

김대건 신부와 선원들은 모두 '천주님, 성모님 저희를 돌보아주소서'라고 기도했고, 페레올 주교와 다블뤼 신부의 입에서는 계속 '키리에 엘레이손, 크리스테 엘레이손(주여, 우리를 불쌍히 여기소서, 그리스도여, 우리를 불쌍히 여기소서)'을 외쳤다. 항해는 이미 인간의 손을 떠났고, 하느님의 손에 항해의 키가 맡겨졌다는 것을 신부님들은 잘 알고 있었다. 그들은 계속 기도했다.

"주여, 저희가 살아 있는 것은 주님의 사랑 때문입니다."

라파엘호의 표류

페레올 주교와 다블뤼 신부를 중국 배에 옮겨 태우려고 했던 김 신부의 계획이 수포가 되었고, 라파엘 호는 키도 부러지고 돛도 없는 바다의 미아가 되어 난파 직전의 위기에 빠졌다.

주 하느님! 왜 두 신부님을 중국 배로 피신시키려고 했던 제 계획을 들어주시지 않으셨는지요. 라파엘 호는 지금 키도 부러지고 돛도 없이 배 안에는 물이 가득가득 차오르고만 있습니다. 저는 아직 도 주님의 깊은 뜻을 헤아리지 못하고 있습니다. 저는 이제 이 배의 안전을 위해 돛대를 잘라내야 합니다. 돛대를 잘라내면 라파엘호는 바다에서 한없이 표류해야 합니다.

"돛대를 잘라라!"

김 신부의 명령에 따라 목수가 도끼로 돛대의 아랫부분을 내려쳤다. 신부님들은 돛대를 저렇게 쳐내면 앞으로 항해는 어떻게 할 셈인지 불안해서 가슴을 졸일 뿐이었다. 그래도 당장 배가 전복되면 항해라는 것 자체도 없어진다. 항해를 못 하는 것이 아니라 배가 침몰하면 모든 상황이 끝난다. 김 신부는 서해의 파도를 돌파한 경험과 지혜를 가진 선장이다. 그의 뜻을 믿고 따라야 한다.

"돛대는 잘라내지만 버리지 말고 싣고 가야 한다."

김 신부의 외침과 함께 돛대가 쿵 하고 넘어지면서 그 충격으로 뱃전의 한 부분이 파손되었다. 불행하게도 잘라낸 돛대는 바다로 풍덩 떨어졌다. 선원들은 모두 가슴이 덜컥 내려앉았다. 그나마 돛대는 파도에 휩쓸려가지 않고 계속 뱃전 옆에 붙어서 맴돌면서 파도가 칠 때마다 배의 옆구리를 퉁퉁 쳐댔디.

쿵쿵쿵 그 소리가 너무 요란해서 돛대가 오히려 재앙이 되어 배에 구멍을 내는 것이 아닐까 걱정이 되었다. 두 신부는 지쳐서 선실로 내려가 몸을 웅크린 채 기도만 드렸다. 지금은 배가 큰 파도에 뒤집히지 않은 것만으로도 여간 다행이 아니다. 한참 동안의 시련 끝에 차츰 바람이 잦아들고 파도의 너울이 약해졌다.

다시 선원들이 배 위에서 몸을 거동할 수 있게 되었다. 선원들은 모두 정신을 차리고 바다에 빠진 돛대를 건져 올려 다시 세우고 키를 만들었다. 키와 돛대를 수리하는데도 사흘이나 걸렸다. 그동안 라파엘호 가까이로 중국 배들이 수십 척이 지나쳤다.

선원들은 도움을 받으려고 조난 깃발을 흔들고 외쳤지만, 그들은 거들떠보지도 않았다. 그들도 그동안 태풍을 견뎌내느라고 다른 배를 도울 수가 없었다. 라파엘호가 중국의 예인선과 산둥성 앞바다에서 헤어져서 해류에 따라 표류한 거리는 대략 2백50여 리쯤 되었지만 배가 어느 방향으로 얼마나 표류했는지 알 수 없었다. 라파엘 호는 지금 위치도 모르고 그저 망망대해에 있었다.

김 신부의 느낌에 라파엘 호가 남쪽으로만 표류했다면 섬들이 많은 조선 군도의 해안에 가까이 밀려오지 않았나 하는 짐작도 되었다. 그 순간 김 신부는 멀리 안개 속에 잠겨있는 섬들을 볼 수 있었다. 그 섬들을 보면 분명 중국 섬들이 아니고 조선의 섬들처럼 보였다. 중국의 동해안은 섬들이 거의 없다. 김 신부는 라파엘 호가 조선의 서해 연안에 접근했다는 판단이 섰다.

"주교님, 지금 제 판단으로는 머잖아 우리 배가 한양으로 들어가는 한강의 뱃길 어귀에 닿을 듯싶습니다."

김 신부의 말을 들은 페레올 주교의 얼굴빛은 기쁨으로 가득 찼다. 그동안 6년에 걸쳐서 조선에 들어가지 못해 애를 태웠던 갈망이 이제야 겨우 이루어지는 것 같았다. 그

감회는 말로는 다 표현할 수가 없었다. 이제 우리는 조선을 코앞에 두고 있다.

"그게 정말인가? 조선 해역에 들어왔다니. 꿈같은 일이네. 우리가 중국 배로 옮겨 타지 못하게 된 것은 참으로 전화위복이 되었네만, 그에 앞서 큰 파도로 우리 배를 갈라놓은 것을 어찌 하느님의 섭리가 아니라고 말할 수가 있겠는가."

다블뤼 신부가 그 말에 고개를 끄덕거렸다. 페레올 주교의 말대로 두 신부가 중국 배에 무사히 올라탔다면 조선 입국은 다시 원점부터 시작해야 한다. 김 신부는 주님이 라파엘 호를 돌봐주었다는 확신을 받았다. 우리는 늘 주님의 돌보심을 통해서 살면서도 한 치 앞도 바라보지 못하고 좌절과 절망에 빠진다. 하지만 주님은 우리에게 한쪽 문을 닫는 대신 다른 쪽 문을 열어주신다.

단지 사람들은 늘 그 시간을 못 참고 애를 태우는 나약하고 미련한 존재들이다. 하느님을 믿고 따르는 자들도 거기서 예외가 아니다. 산더미 같은 파도에서 하느님에게 목숨줄을 맡기고 있으면서도 하느님이 나를 버리는 것이 아닐까. 그렇게 가슴 졸이는 것이 인간이라는 것을 주님도 분명 모르지 않을 것이다. 주님의 섭리는 순간의 판단과 결정을 절망으로 크게 무력화시킨 후에 교묘하게 새로운 세상의 길을 일러주신다. 김 신부는 다시금 하느님에게 마음속 깊이 감사의 기도를 드렸다. 그다음 날 라파엘 호는 조선의 섬 포구에 도착했다. 어딘지는 잘 몰랐지만 중국 땅이 아닌 것은 확실했다. 김 신부는 해안에 닻을 내리고 마을에 들어간 후에야 위치 확인을 하고 깜짝 놀랐다.

"여기는 제주도 용수리 포구입니다."

섬 주민의 말을 들은 김대건은 어처구니가 없었다. 라파엘호는 조선 반도 남쪽 끝자락에 있는 제주도 서쪽 해안 용수리 해안까지 표류해왔던 것이다. 그나마 침몰당하지 않고 조선의 남쪽 섬에나마 도착한 것은 천만다행이었다. 그날이 1845년 9월 28일이었다. 배에 탄 13명은 모두 해안에 내려서 조선 땅에 성공적으로 표착한 것을 기념하는 첫 미사를 가졌다. 그날의 미사가 제3대 조선교구 페레올 주교와 김대건 신부가 조선 땅에서 드린 첫 미사가 되었다. 제주교구는 2006년 제주도 한경면 용수리 포구에 김대건 신부의 제주도 표착을 기리는 기념성당과 기념관을 세웠다. 성당의 정면은 김대건 신부가 사제서품을 받았던 금가항 성당의 정면과 똑같은 모습으로 설계했으며, 지붕은 파도와 라파엘호의 형상을 재현시켰다. 성지에는 당시의 라파엘 호를 복원해서 재현한 배도 전시되어 있다. 울산대 이창억 교수가 쓴 「라파엘 호 고증에 대한 연구」에는 그 당시 조선 재래형 선박의 평균치 크기를 추정해서 라파엘 호의 길이는 13.5미터, 폭은 4.8 미터로 복원해놓았다.

라파엘 호는 당시 상해 오송항을 떠나서 산둥성을 향해 북쪽으로 가다가 중국 배에서 떨어져 나온 후에는 남쪽으로 거의 천 리나 표류했다. 김대건 신부는 용수리에서 배를 수선한 후에 다시 북쪽 한양으로 항로를 잡았다. 이번에는 섬들과 연안으로 굽이진 해루를 따라 북상을 시도했다. 서해는 맞바람이 심하고 해류가 급했으며 암초가 많아서 항해에는 악조건이었다. 김 신부는 마침내 한양까지의 북행 항로를 포기하고 계획을 바꾸었다.

"전라도 내륙으로 통하는 금강을 타고 강경으로 간다."

라파엘 호는 곧바로 금강으로 접어들었다. 한양의 한강으로 통하는 제물포 쪽은 국경경비가 심하고 한강을 거슬러 마포나루까지 가는 동안 안전을 보장할 수가 없었다. 강경 쪽에는 천주교인들이 사는 교우촌이 있다. 라파엘 호는 강을 거스르면서 여러 번 바위에 부딪히기도 하고 얕은 모래 수심에 배가 걸린 적도 있었다. 배가 강에서 좌초되면 발각될 위험이 있었지만 경계는 없었다.

마침내 라파엘호는 금강포구인 황산포에서 60리쯤 떨어진 은진군 강경리 나바위 작은 교우촌에 도착했다. 그곳이 오늘날 유명한 나바위 성지가 자리 잡은 곳이다. 나바위란 납작한 바위들이 많아서 붙은 지명으로 〈납〉이라는 글자에서 〈ㅂ〉이 빠지면서 나바위가 된 옛날의 선착장 중의 하나다.

현재 이곳에는 한옥식 성당인 화산 천주교회[1]가 세워져 있고, 김대건 신부와 라파엘 호의 기착을 기념하는 성당과 성지가 조성되어 사적 318호로 지정되었다. 라파엘 호는 닻을 내리고 교우의 집에 김대건 신부의 도착을 알렸다. 교우 2명이 달려 나와서 김 신부와 일행을 반갑게 맞았다.

그들은 페레올 주교와 다블뤼 신부를 극진하게 모셨다. 그때가 1845년(헌종 11년) 10월 12일, 상해를 떠난 지 42일째 되는 날이다. 김 신부는 나바위에 도착한 후에야 하느님이 왜 라파엘 호를 남쪽 제주까지 표류시켰는지 그 오묘한 이치를 깨달을 수 있었다.

---

1 화산 천주교회: 현재의 전라북도 익산시 망성면 화산리 소재.

1845년 6월에 영국 군함 사마란 호의 함장 해군 대령 에드워드 벨처가 청나라의 광둥을 떠나 해로 측량과 지도 제작을 위해 제주도에 도착했다. 군함에서 내린 중국인 오아순은 제주도 정의 현감 임수룡을 만나서 조선에 입항한 것은 별다른 뜻이 없다고 해명했다.

　영국 군함이 다시 전라도 장흥과 강진 앞바다까지 왔다가 되돌아갔지만 그 일은 결코 가벼운 사안이 아니었다. 국가적으로 보면 외국 배의 불법 입국은 침략이었다. 그 일로 조선의 대궐에서는 비상이 걸리고 큰 소란이 일어났다. 청나라와 싸워서 이긴 영국해군의 출현이어서 조선은 더욱 긴장했던 것이다. 이어 조정에서는 청나라에 문서를 보내 당시 청나라주재 영국 영사관에 '조선은 외국 배의 출입을 금지한다'는 경고와 항의의 뜻을 전달했다. 그 후로 조정에서는 전국의 해안국경을 철통같이 감시하면서 출입하는 모든 배들에 대한 검문검색을 강화했다. 특히 경기 서해안 바닷길과 양화진으로 들어오는 한강의 뱃길은 엄중한 경계를 펴고 있었다. 만일 그 상황에서 바로 그 시기에 라파엘호가 중국 산둥성 앞 바다에서 제주도까지 남쪽으로 표류하지 않고. 곧바로 경기 서해안으로 들어갔다면 라파엘호는 조선의 수군들에게 즉각 나포되었을 것이고, 김대건 신부와 페레올 주교, 다블뤼 신부와 선원들은 즉각 체포되었을 가능성이 컸다.

주님께서는 라파엘호를 조선에 입국시키기 위해 중국의 예인선에 매어 있던 밧줄을 과감히 끊어주셨고, 두 신부님의 중국 배 승선을 막아주셨습니다. 그리고 라파엘 호를 보호하시려고 경기 서해안지역을 피해 멀리 제주도까지 표류시키셨다가 경계가 허술한 백마강 황산포를 통해 나바위 마을로 저희를 무사히 인도해주셨습니다.

참으로 놀랍고 오묘한 하느님의 은혜를 깨닫고 보니, 당시 주님의 뜻을 몰랐던 제 모습이 몹시 부끄러워졌습니다. 저희는 늘 눈앞에 보이는 일만 보고 좌절과 절망을 느끼고 현실에 불만을 갖곤 합니다. 그것이 끝내는 주님께서 저희를 사랑하시고 돌보시는 사랑이라는 것을 깨닫지 못하고 삽니다. 주님께서는 산골 은이 마을에 살던 코흘리개 소년의 손을 사랑으로 잡아주시어, 세상과 하느님을 눈 뜨게 해주셨고, 멀리 마카오에서 신학을 공부할 수 있게 해주셨으며, 마침내 저를 주님의 종으로 삼아주셨습니다. 이제 저는 조선의 떳떳한 사제가 되어 조국 땅에 당당히 발을 내딛게 되었습니다.

주님께서 그토록 사랑하시는 페레올 주교님과 다블뤼 신

부님을 왜 저와 함께 이 땅에 보내주셨는지 저는 누구보다 잘 알고 있습니다. 제 한 가지 소망은 오직 하느님의 뜻을 받들어 조선 땅에 하느님의 영광을 깃들게 하는 일뿐입니다. 그것이 하느님이 바라는 일이고, 제가 원하는 일입니다. 그것을 위해 저는 한 톨의 씨앗이 되겠습니다.

숨어있는 마을

페레올 주교는 마침내 그토록 애타게 바라던 조선 땅을 밟았다. 제3대 조선 교구장의 취임식은 화려하지 않았지만, 그에게는 조선 땅을 밟게 된 것만으로도 축복이었다. 그는 조선의 교우들이 박해 속에서 모두 숨죽이며 살고 있다는 것을 잘 알고 있었다. 그 자신도 조선 땅을 밟는 순간, 상복 차림으로 위장하고 밤길을 걸어서 가면서 조선의 살벌한 현실을 실감할 수 있었다.

페레올 주교는 만주에서 국경 변문을 통해 조선 입국을 시도했을 때도 누런 베로 만든 상복과 머리에 쓴 두건을 본 적이 있었다. 조선인들이 집안에서 어른들의 장례를 치를 때 상복을 걸치고 머리에 두건을 쓰고 지팡이를 짚는다. 그 차림은 변장에도 좋고, 지나는 사람들도 예를 갖추어 배려해주는 이점도 컸다. 페레올 주교와 다블뤼 신부는 상제 행세를 하며 은신처에 도착했다.

주여! 이제야 저는 조선교구에 도착하여 주님이 제게 맡겨준 책임을 수행할 수 있게 되었습니다. 지금 조선교구에 들어와 있는 제 모습을 보게 되니, 감개무량하기 그지없습니다. 그동안 제게 맡겨준 선교지에 들어오지도 못한 채, 애태운 기나긴 세월을 보상하기 위해서라도 저는 열심히 교우들을 보살피겠습니다.

페레올 주교는 기도를 통해 비로소 자신감을 가졌다. 페레올 주교와 다블뤼 신부가 머문 집은 짚으로 지붕을 덮고 흙벽으로 지은 초가집에 방이 두 개가 있었다. 높이 석 자쯤 되는 작은 방문은 창문도 겸용으로 쓰인다. 방안에 들어서면 키가 천장에 닿는다. 의자도 책상도 없다. 방바닥에는 돗자리가 깔려있다. 부엌 아궁이에 피운 불로 방바닥은 따끈따끈한 화덕이 된다. 두 신부는 낮에는 방안에서 꼼짝도 못 하고 숨어 지내다가 밤이 되면 밖으로 나가서 신선한 조선의 공기를 마음껏 마실 수 있었다. 이런 시골구석은 한적해서 은신처로 좋다고 생각했지만 조선에서는 오히려 그것이 결점이었다. 천주교인들이 멀리서 은밀히 찾아와야 하는 데다가 무엇보다도 조선의 촌락에서는 비밀 유지가 어려운 점이 컸다. 시골에서는 옆집 부엌에 숟가락이 몇 개 있는지도 알 만큼 서로 터놓고 산다. 이웃끼리는 한 가족처럼 예고도 없이 집안에 불쑥불쑥 들락거린다. 더구나 어느 집이든 서양 선교사를 모시고 살면서 남의 눈을 피하기는 어려운 일이었다.

특히 조선교구 전체를 관할해야 하는 주교로서 활동에 제약이 너무 많았다. 페레올 주교는 김대건 신부의 말을 듣고 조선의 생활풍습을 잘 이해했다. 프랑스에서도 시골에서는 이웃에 감추고 살 수 있는 것이 별로 없다. 그 이유로 페레올 주교는 곧 한양으로 떠나야 한다. 한양에는 현석문이 석정동에 숙소를 마련해두고 있었다. 훗날 페레올 주교가 파리 외방전교회 신학교장 벨린 신부에게 보낸 편지를 보면 주교가 처음 나바위 마을에 도착한 후의 심경을 알 수 있다.

「저는 지금 머물러 있는 조선의 남쪽 지방인 나바위 마을을 떠나 곧 한양으로 떠나야 합니다. 그때까지 우리는 마치 나뭇가지에 앉아있는 새처럼 언제 당국에 체포될지 몰라서 불안하고 초조하게 살고 있습니다. 숨어 사는 일이 얼마나 힘든 일인지 처음 알았습니다. 우리가 가장 먼저 해야 할 일은 여기저기 흩어진 채 은밀히 숨어서 살고있는 교우들의 은신처를 찾아내는 일입니다. 이처럼 슬픔에 빠진 조선의 어린 양 떼들을 보살피기 위해서는 저 역시 숨어 살아야 합니다. 신부님께서 저를 위해 기도해주십시오.」

그다음 날로 라파엘호의 선원들은 각자 헤어져 집으로

돌아갔다. 그들은 페레올 주교와 다블뤼 신부를 붙들고 눈물을 흘리며 그동안 생사고락을 함께했던 온갖 추억을 떠안고 또 다음날을 기약하면서 헤어졌다. 김 신부는 페레올 주교를 한양의 은신처까지 안전하게 모시는 일이 남았다. 그다음은 마카오 유학을 떠날 때까지 살던 골배 마을을 찾아가 어머니를 찾아보기로 했다.

또한 여기저기 흩어져 숨어 사는 교우들을 찾아내서 조선에 페레올 주교가 들어왔다는 사실을 알려야 하고, 교우들의 조직을 페레올 주교와 결속시켜서 신앙생활을 활성화해야 한다. 또 하나 큰일이 남았다. 아직도 조선 입국을 하지 못하고 요동 반도에 머물러 있는 매스트르 신부와 최양업 부제를 데려오는 일이 있었다. 김대건 신부는 먼저 추위가 닥치기 전에 페레올 주교를 모시고 한양의 석정동에 모셨다. 페레올 주교는 한양을 중심으로 교우들의 신앙생활을 결속시키는 동안, 다블뤼 신부는 1846년 초까지 강경 근처에 있는 교우촌에서 열심히 사제활동을 펼쳤다. 다블뤼 신부가 머물러 있는 교우촌은 심한 박해를 피해 교우들끼리 마을을 이루며 가마를 굽거나 담배 농사를 짓고 살았다. 마을에는 7가구에 30여 명의 가족뿐이다. 교우촌 주민들은 매일 미사를 드리며 다블뤼 신부를 극진히 모셨다. 사제를 한 번도 구경조차 해본 적이 없었던 그들에게는 사제가 사는 마을은 천국이었다.

　김대건 신부는 1821년 8월 21일 충청도 솔뫼[1]에서 아버지 김재준(이그나시오)와 어머니인 장흥 고씨(우르술라)의 맏아들로 태어났다. 김 신부는 태어나면서부터 이미 부모로부터 천주 교리를 듣고 배우며 자랐다.

　그 후 1827년, 7살이 되면서 할아버지 김택현과 부모님을 따라 박해를 피해 경기도 용인 한덕동에 있는 교우 마을을 거쳐 골배마실[2]로 피신했다. 그곳에서 조부에게 한문을 배우던 그는 마카오로 유학을 떠날 때까지 살았다. 솔뫼가 김 신부의 태어난 고향이었다면 은이 골배마실은 소년 시절의 친구들과 추억이 어려 있는 요람지나 다름없었다.

　은이[3]란 한자의 뜻 그대로 「숨어 있는 마을」이라는 뜻이다. 이 마을은 박해를 피해 신자들이 교우촌을 이루어 함께 모여 살던 곳으로 1813년 1월 13일에 프랑스의 선교사 모

---

1 솔뫼: 지금의 충청남도 당진시 우강면 신종리 내포.
2 골배마실: 지금의 경기도 용인특례시 양지면 남곡리.
3 은이(隱里): 지금의 경기도 용인특례시 양지면 남곡리.

방 신부가 들어와 은이 공소에서 미사를 드리고, 선교활동을 펼치다가 소년 김재복을 만나 세례를 주고, 마카오 신학생으로 추천한 곳이다.

특히 중국에서 라파엘호로 나바위에 기착한 후로 6개월 동안, 김대건 신부는 은이 공소를 중심으로 사제활동을 펼친 곳이어서 사실상 김대건 신부는 은이 공소가 마음의 본당신부로 여긴 유서 깊은 유적지가 되었다. 현재 은이 공소에는 작은 성당이 있다. 성 김대건 신부 기념유물전시관에는 김 신부님이 입던 옛 사제복과 서적들, 그리고 성작과 성물 등 유물늘이 선시되어 있디.

은이 성지를 벗어나면 가까운 곳에 골배마실이 있다. 소년 김재복이 할아버지로부터 한문을 배운 어린 시절의 추억의 공간이다. 이곳은 깊은 산속인 데다가 뱀들이 많아서 예부터 뱀 마을로 불리던 산골짝이다. 골배마실 성지로 가는 길은 넓은 숲길로 조성되어 있다. 성지의 큰 표지석의 뒷면에는 김대건 신부가 감옥에서 교우들에게 보낸 마지막 편지의 한 구절이 새겨져 있다.

「우리 벗아! 생각하고 생각할지어다. 가련한 세상에 한 번 나서 우리를 내신 임자를 알지 못하면 난 보람이 없고, 있어 쓸데가 없고⋯ 〈성 김대건 신부님의 회유문에서〉」라고 씌어있다. 지금 골배마실은 마을의 흔적조차 찾을 수가 없다. 단지 김 신부가 살던 집터가 한쪽에 보존되어 석상과 제대가 놓여있고, 김 신부의 어머니 고씨 우르술라의 모습을 새긴 조각상이 있을 뿐이다.

골배마실에서 남쪽 30리쯤 산길로 내려가면 미리내 성지가 있다. 미리내는 경기도 일대의 초기 천주교 선교 지역의 중심 지역이었다. 김 신부가 순교한 50년 후인 1896년에는 1천6백 명의 교우들이 모여 살던 천주교인들의 집단 거주 지역이었다. 바로 그곳에 김대건 신부의 묘소가 자리 잡고 있다. 미리내는 은하수라는 순수한 우리말로 교우들이 박해를 피해서 살던 교우촌이었다.

미리내의 성지화 작업은 1972년에 시작되어 1989년에는 103위 성인 기념 대성전이 세워졌다. 지금 경당에는 6명의 묘소와 함께 김 신부의 하악골을 모셔져 있다. 김 신부 유해의 다른 부분은 가톨릭대학교 신학대로 옮겨 안치되어 있다. 그곳에는 지금도 김대건 신부의 영적 지도자 페레올 주교의 묘소가 있다. 미리내는 훗날 칼레 신부4와 오메르트5 신부의

---

4 칼레: 파리 외방선교회 사제.
5 오메르트: 파리 외방 선교회 출신의 순교 사제.

사목활동 거점 지역이 된다.

어린 시절의 박해 시절에 이곳저곳을 피해 다니며 살다가 기해박해 때 부친 김제준 이그나시오가 순교 당한 후에, 모친 고씨 우르술라는 홀몸이 되어 의지할 곳 없이 떠돌며 걸식을 하고 살고 있다는 것을 김대건 신부는 이미 소문으로 들어서 알고 있었다.

김 신부는 페레올 주교와 입국한 후에도 어머니에게 입국 소식을 전할 수가 없었다. 이미 오래전에 김 신부는 최양업, 최방제 등과 함께 형조에 불법 출국자로 체포 리스트에 올라가 있었기 때문이다. 김대건 신부는 골배마실로 들어서면서 깊은 감회에 사로잡혔다. 그날 중국인 유방제 신부와 함께 은이 마을을 떠날 때 아버지와 어머니가 손을 흔들어주던 그 장소에 다시 온 감회가 컸다.

1836년 12월 2일, 당시 15살의 소년이었던 그는 10여 년의 세월이 흘러서 1845년 11월에는 25살의 청년 신부가 되어 대망의 꿈을 이루고 귀향한 것이다. 김대건 신부가 온다는 말을 들은 마을 사람들은 어머니 고 우르슬라에게 그 사실을 알리고 미리 대기 시켜두었다. 김 신부와 어머니의 만남은 은이 공소에서 이루어졌다.

고 우르슬라는 사제가 되어 돌아온 아들의 손을 잡고 남편을 비롯한 집안의 모든 순교자의 치명이 헛되지 않았다는 것을 새삼 확인할 수 있었다. 김대건 신부는 어머니를 만난 후에 은이 공소에서 감격스러운 첫 미사를 집전한다. 조선 땅에서 조선의 첫 사제가 고향에 와서 드리는 첫 미사는 감격의 눈물로 봉헌되었다.

보시오! 주 하느님께서 우리 가문의 치명을 김 안드레아 신부를 통해 거룩한 증거로 내세울 수 있게 해주셨습니다. 고 우르슬라는 아들 사제에게 영성체를 받은 감동이 얼마나 컸는지는 상상할 수 있다. 그것은 김대건 신부와 그의 어머니만의 기쁨과 영광이 아니라 골매마실은 물론 박해의 고통에서 신음하고 있는 조선 천주교회의 모든 교우에게 내린 축복과 은총이었던 것이다.

김대건 신부는 1845년 11월부터 그다음 해 4월까지 6개월 동안 은이 공소를 중심으로 교우촌을 순방하며 사제활동을 계속하는 한편, 한양의 페레올 주교를 찾아가 조선교회를 위해 긴밀한 회의와 연락을 가졌다. 미사와 고해성사는 물론 교리강의와 세례, 견진성사6 등 교회 활동은 모두 밤

---

6 견진성사(堅振聖事): 칠성사(七聖事)의 하나. 세례를 받은 신자가 더욱 굳건한 믿음을 가지고 성령의 은총을 풍부히 받도록 주교가 이마에 성유를 발라준다.

에만 은밀히 이루어졌다. 그 6개월 동안이 김대건 신부에게
는 고국에서 가장 행복한 시기였다. 한양에는 주교님이 있
고, 또 다른 교우촌에는 다블뤼 신부가 사목활동을 하고 있
으며, 은이 마을에는 공소가 있고, 집에는 어머니가 있으며
다정하고 착한 고향마을 사람들이 기도 생활을 하는 곳이
바로 천국이 아니고 어디란 말인가.

김대건 신부가 귀국한 1845년 그 당시의 조선교회는 참
으로 비참한 상황이었다. 앵베르 주교와 모방, 샤스탕 신부
가 순교한 후로 6어 년 동안 천주교 교우들의 조직은 거의
와해되었고, 흩어졌으며 포졸들의 추적으로 모두 시골로
피신해서 몸을 숨기고 살고 있었다. 많은 교우가 하던 일을
포기하고 고향과 집을 버리고 어디론지 떠나서 숨은 죽이
고 숨어 살아야 했다. 이웃 사람들과 관리들은 천주교 신자
를 천형의 죄인으로 여겼다. 교우들은 어디서든 공개적으
로 성호를 긋거나 기도를 할 수도 없었다. 집에서는 천주교
회의 그림이나 십자가 혹은 묵주 같은 성물들도 꽁꽁 감추
어 두어야 했다. 당시 조선에는 사제가 없었기 때문에 미사
는 꿈도 꿀 수조차 없었다. 물론 세례식이나 고해성사 등
교회 예식은 어디서도 없었다.

그렇게 오랫동안 신자다운 생활을 할 수 없게 되자 자연히 교우들도 남들처럼 똑같이 죄도 많이 짓게 되었고, 천주교 계명도 어기는 일도 빈번해지면서 경건한 신앙생활과는 점차 멀어져갔다. 오랜 도피 생활로 부부와도 이별하고 살아야 했으며, 부모와 자녀와 형제들도 뿔뿔이 헤어져 살 수밖에 없는 형편이었다.

어쩌다 가족들과 함께 모이면 고향을 떠나 먼 타향의 어느 외진 구석이나 산속, 혹은 계곡이나 농사도 지을 수 없는 불모지에 가서 천막생활을 하면서 화전민처럼 논밭은 개간하고 기와와 그릇을 굽고, 담배를 재배하며 살 수밖에 없었다. 당시 담배 농사는 대부분 천주교인의 몫이었다. 그러다 보니 생산량이 많아지면서 페레올 주교가 조선에 도착하던 당시에는 담뱃잎은 두 지게를 지고 시장에 나가야 불과 20냥을 받을 수 있었다. 그만큼 담뱃값이 폭락해서 힘들어졌다.

그런 형편에 천주교인의 집이라는 것이 다른 사람들에게 발각되는 날이면 당장 집을 버리고 달아나야 했다. 그 즉시 포청의 군졸들이 들이닥쳤기 때문이었다. 어떤 사람들은 천주교인들에게 밀고하겠다고 협박해서 자기들이 교우의 집을 빼앗아 살거나, 일 년 내내 땀 흘려 지은 농사의 수확

을 몽땅 가로채기도 했고, 당국에 고발하겠다는 협박으로
돈을 갈취하기도 했으며, 옷이나 가구와 식량까지 모조리
빼앗는 경우도 많았다.

서로의 천사가 되다

조선교회가 박해와 핍박이 계속되는 상황 중에도 한 해 평균 2백여 명씩의 신입교우들이 계속 늘어나고 있던 당시의 기록을 보면 놀라운 성장이었다. 페레올 주교가 1850년 연말에 로마교황청 선교부서 담당관에게 보고한 조선교구의 현황을 보면 당시 조선의 천주교인 수는 모두 1만 1천여 명이었다. 그중 고해성사를 본 교우 수는 7천1백80여 명, 어른 세례자가 3백 74명, 예비신자가 3백69명, 비신자로 대세[1]를 받고 죽은 자가 6백86명이었다. 당시에는 정식 성당이 한 곳도 없었지만, 공소는 1백85여 곳이나 증가했다. 신학생 지망자가 5명으로 선교사 신부에게 라틴어와 한문을 배우고 있었다. 사제서품을 받은 신부는 페레올 주교와 다블뤼 신부, 그리고 김대건 신부밖에 없었다. 사제 3명으로 1만여 명에 이르는 교우 수를 갖게 된 것은 큰 성과였다.

---

1 대세(代洗): 가톨릭 사제를 대신해서 예식을 생략하고 세례를 주는 일.

페레올 주교는 조선에 입국한 후로는 한양의 석정동에서 사제활동을 계속하고 있었다.

다블뤼 신부는 주로 충청도 강경지역에서 선교활동을 펼쳤다. 다블뤼 신부가 조선에 도착한 그해에는 대략 60여 명의 신자들에게 성사를 준 기록이 나온다. 그는 신자들만 모여 사는 25개의 교우촌을 계속 걸어 다녔다. 두 달 동안에 20리, 30리도 걸어가고, 멀리는 70리, 80리나 되는 먼 길도 마다하지 않고 걸었다. 그처럼 무더운 여름과 혹독한 겨울 주위에노 신사들을 징성껏 돌보았다.

어느 마을에는 한 명의 신자를 위해 하루를 머문 적도 있었고, 어느 마을에서는 며칠씩 머물면서 어른들과 아이들에게 보례를 주었다. 보례란 사제가 없을 때 평신도가 평소에 약식으로 준 세례(대세)를 신부가 정식으로 다시 채워주는 예식이다. 예비 신자들에게 찰고[2] 교리 시험을 할 때는 밥을 먹는 도중에 할 정도였다.

사제의 의무적인 기도 생활과 성무 일과, 그리고 묵주

---

2 찰고[擦考]: 신자들의 신앙을 굳게 하려고 기성 신자들에게 교리를 복습하게 하여 시험을 보는 일.

신공은 하루도 쉬지 않고 드렸다. 오후에는 지쳐서 졸면서 매 괴경을 하다가 그대로 저녁까지 잠이 들기도 했고, 날이 어두워지면 장례식에서 쓰는 굴건을 푹 눌러쓰고 다시 길을 떠나곤 했다. 페레올 주교는 장례식의 굴건을 '선녀의 망토'라고 불렀다는 에피소드도 전해진다. 다블뤼 신부가 사제활동을 하는 동안 쓴 비망록 중에는 그가 조선 교우들과 대면하면서 겪은 눈물겨운 사연들이 아주 많았다.

「조선에서 얼마나 천주교인들에 대한 박해가 광범위하게 일어나고 있는지는 교우들을 만나보면서 잘 알게 되었습니다. 그들 중에는 남편이 사형장에서 망나니들의 칼에 죽은 과부들도 있고, 부모가 모두 치명한 고아들도 있었습니다. 어떤 젊은 여자는 오빠가 형리로부터 받은 끔찍한 고문 얘기를 하다가 훌쩍훌쩍 울기도 했습니다. 자식을 하늘로 먼저 보낸 피맺힌 모정의 하소연을 들으면 가슴이 찢어지는 것 같았습니다. 그들은 나를 만나면 자신들이 저지른 잘못을 고백하면서 늘 기쁨의 눈물을 흘리곤 했습니다. 그 착하고 불쌍한 교우들은 내게 깊은 존경과 애착을 보내고 있습니다. 자기 자신도 힘들게 살면서도 어려운 처지에 있는 사람들에게 줄 선물도 준비해서 가져옵니다. 나는 중국말, 조선말을 섞어서 겨우 말하지만, 그들은 내 말을 알아듣기도 하는 것 같고, 잘못 알아듣는 것 같기도 했습니다만 우리들 사이에는 그런 건 별로 중요하지 않았습니다. 서로 만나는 순간 우리는 서로가 천사가 되어 기쁜 눈빛을 나눌 뿐입니다. 하느님이 저희에게 나누어 주신 사랑의 선물들이 얼마나 큰지 모릅니다. 하루하루가 얼마나 행복한지 모릅니다. 우리는 헤어질 때가 되면 마치 가족과 이별하는 것처럼 슬퍼서 울었습니다. 그들은 나와 함께 하느님과 소통할 기회가 평생 다시는 없을 것이기에 더욱 슬프고 아쉬워했습니다. 이 감동을 어떻게 표현해야 할지 모르겠습니다.」

다블뤼 신부의 눈물은 억압받고 있는 비참한 조선교회의 현실이다. 당시 조선 천주교회의 현실을 구약성서에서 찾아보면 유다 마카베오의 구절을 떠올리게 만든다.

「마카베오는 모든 이들로부터 억압당하는 이 백성을 굽어보시고 사악한 사람들에게 더럽힌 성전을 가엾이 여겨 주십사고 주님께 간청한다. 또한 파괴되어 거의 무너져 가는 도성에 자비를 베푸시고, 죽은 이들의 피가 당신께 하소연하는 소리를 들어주시며, 죄 없는 아기들이 당한 무도한 학살과 당신의 이름이 받은 모독을 기억하시고, 악에 대한 당신의 혐오감을 드러내시기를 간청한다.(마카베오 8·1~4)」

그렇다고 조선에서 순교한 사제들과 교우들은 저들 무자비한 국가기관의 관리들과 포도청 관리들에게 그들의 악에 대한 혐오감을 드러내지 않았다. 그들은 예수 그리스도가 성서에서 한 말처럼 「아버지, 저들을 용서하소서」라고 기도하는 순명을 보여주었을 뿐이다.

조선에서 천주교 박해의 주범이었던 대신들이나 주요 인사들은 웬일인지 대부분 박해를 저지른 1년 후에서 5년 이내에 모두 천벌을 받고 죽었다. 가장 먼저 김대건 신부를 잡아 가둔 해주 감사 김정집은 그해 6월에 즉각 파면당했다.

천주교 박해에 앞장선 우의정 이지연은 함경도 명천으로 유배되었다가 귀양지에서 죽었다. 대표적인 천주교 탄압의 주동자 풍양조씨 조만영은 큰아들 조병구를 잃게 되었고, 그다음 해에는 그 자신도 국사범이 되어 처형당했다. 게다가 그의 외손자인 국왕 헌종도 1849년에 병으로 세상을 떠났다.

조만영의 동생으로 「척사윤음」을 썼던 대표적인 박해자 조인영도 그 이듬해 죽었다. 당시 천주교 신자들에게 악명 높았던 조인영의 조카이자 형조판서였던 조병현도 끝내는 반역죄로 몰려 나주의 목지도로 귀양 갔다가 그곳에서 죽었다. 특히 앵베르 주교와 정하상 등을 밀고한 배교자 김순성은 조선 11대 왕이었던 중종의 후손 이하전을 왕위에 즉위시키려던 음모가 발각되어 대역죄3 천주교 박해에 나섰던 자들이 그처럼 모두 비참한 최후를 마친 일은 결코 우연한 일이 아니었다. 왜 저들에게 그런 비극적인 일들이 일어났던 것일까.

한편 김대건 신부가 페레올 주교와 다블뤼 신부를 조선에 입국시키던 그 시기에 최양업 부제는 페레올 주교의 권유를 받고 매스트르 신부와 함께 조선 입국을 위해 만주를 횡단하여 훈춘으로 갔다. 김대건 신부가 입국 통로를 찾기 위해 탐사했던 똑같은 만주 횡단을 한 것이다. 조선인 교우들이 훈춘에서 두 사람의 입국을 주선해주기로 약속이 되

---

3 대역죄(大逆罪): 대역을 범한 죄로 손과 발이 모두 잘린 채 몸뚱이만 8도의 감옥에 매달리는 지독한 형벌을 받았다.

었기 때문에 갔던 것이다.

그러나 갖은 고생 끝에 훈춘에 도착한 매스트르 신부와 최양업 부제는 조선 국경과 10여 리 떨어진 곳에서 조선 교우와 접선을 위해 시장이 열리는 날을 기다리던 중, 만주군 장교 4명에게 체포되어 국경 수비대에 끌려갔다. 하지만 그들은 결국 하느님의 도움을 받았다. 만주군 수비대 장교는 천주교를 잘 알고 있었고, 두 사람이 천주교 사제들이라는 것을 확인하자 즉각 풀어주었다.

두 사람은 조선 입국의 기회는 놓쳤지만, 목숨을 구하고 다시 요동 반도로 되돌아갈 수 있게 된 것만도 다행이었다. 오랫동안 여러 번 조선 입국을 좌절당한 매스트르 신부는 서한을 통해 자신의 고통스러운 마음을 고백하는 글을 이렇게 남기고 있다.

「저는 그토록 여러 해 동안 조선에 입국하려고 갖은 노력을 다했지만 끝내 입국하지 못하고 허송세월만 하였습니다. 저는 그처럼 무능한 저를 그만 거두어 주십사고 주님께 여러 번 간청했습니다. 하지만 이제 제 마음은 '고통을 당하지만 죽지는 않는다.' 그런 깊은 체념이 깊게 자리 잡았습니다. 저는 사도 바오로가 많은 시련과 치욕을 당하면서도 끝내 주 예수의 진리를 증언

했던 것처럼 꼭 그렇게 하고야 말 것입니다. 제 임무를 이루기 위해서 더 많은 희생이 필요하다는 생각이 듭니다. 저는 아직 조선에 입국하지 못했지만 조선의 선교를 위해 고통을 받을 수 있다는 것으로나마 위로를 삼고 있습니다.」

매스트르 신부와 최양업 부제는 1846년 12월까지 요동 반도에 머물던 중 파리 외방전교회가 마카오에서 홍콩으로 본부를 옮겼을 때 두 사람도 그곳에 합류했다. 그 후에 최양업 부제는 페레올 주교의 연락을 받고 매스트르 신부와 함께 마카오에서 배를 타고 백령도까지 갔다. 그러나 조기잡이 어선에서 만나기로 약속했던 밀사와의 접선에서 실패하고 위험을 느끼자 다시 상해로 되돌아갈 수밖에 없었다.

매스트르 신부는 조선에 입국하기 위해 너무나 많은 노력을 했지만 번번이 입국이 좌절되고 말았다. 최양업 부제는 그 후에 김대건 신부가 순교한 3년 후인 1849년 부활절 다음 주일에 강남 교구장 마레스카 주교로부터 신품성사를 받았다. 김대건 신부 다음으로 두 번째 조선인 사제가 탄생한 것이다. 최 신부는 요동 반도에서 7개월 동안 만주의 부주교로 있던 시메옹 베르뇌 신부(훗날 제4대 조선 교구장)와 함께 신학교에서 교사 생활을 하다가 마침내 세 번째로 페레올 주교의 부름을 받게 되었다. 1849년 12월에 조선에서 보낸 페레올 주교로부터 만주 변문으로 밀사를 보낸다는 연락을 받게 된 것이다.

최 신부는 오랜 동반자였던 매스트르 신부와는 조선에 함께 입국하는 것이 어렵게 되자, 마침내 그와 눈물의 결별을 한 후에 만주 변문에서 천주교인 밀사들과 함께 꿈에 그리던 조선에 혼자 입국할 수 있었다. 매스트르 신부는 훗날 1852년 8월 말에 고군산도[4]를 거쳐서 그토록 소망하던 조선 땅을 겨우 밟게 된다. 최양업 신부보다 2년 7개월 후에 조선 입국에 성공할 수 있었다. 매스트르 신부는 입국한 후에 다블뤼 신부와 함께 페레올 주교의 병간호를 도왔지만 결국 페레올 주교는 1853년 2월 5일 45세의 나이로 8년간의 조선교구를 이끌다가 끝내 병으로 선종하고 만다. 따라서 페레올 주교는 조선에 파견된 프랑스 선교사 중에서 순교하지 않고 선종한 첫 사제로 기록되었다.

---

4 고군산도(古群山島): 전라북도 군산시의 옥도면 앞 섬들.

그 후로 조선교구 제4대 주교로 임명된 베르뇌 주교는 페레올 주교가 선종한 후로 3년 만인 1856년 3월 26일에 쁘띠니꼴라 신부와 쁘르띠에 신부와 함께 조선에 입국했다. 최양업 신부는 그 후 1861년 6월 장티푸스와 과로로 너무나 안타깝게 선종한다. 최양업 신부의 유해는 현재 베론5 성지에 안장되어 있다.

---

5 베론: 충청북도 제천시의 교우촌. 성지에 안장되어 있다.

주여 당신 이름

지금 생각해보면 서해에서 라파엘 호를 타고 출범하던 일은 마치 꿈만 같았다. 꿈이 아니었다면 어떻게 그런 일들이 일어날 수가 있었을까. 선장도 없고, 노련한 사공 한 명도 없이 그 작은 배로 파도가 높기로 유명한 서해를 횡단할 수 있었다니.

더구나 상해까지 갈 때도 상해에서 귀국할 때도 똑같이 키도 돛대도 다 부러졌으며 그 폭풍과 무서운 파도를 타고 넘는 그런 무모한 모험이 어떻게 성공할 수 있었을까. 그런 생각을 하면 할수록 고개가 저절로 갸웃거려질 수밖에 없다. 그 일은 누가 봐도 불가능한 일을 무모하게 밀어붙여서 이루어낸 결과였다.

그 일은 주 하느님께서 해주신 것이다. 모두 그분이 계획하시고 인도해주셨다. 누구도 그분의 허락이 없이는 머리카락 한 올도 떨어질 수 없다. 하물며 돛배 한 척으로 11명이 한 달을 걸려서 상해까지 갔다가 돌아올 때는 다시 그 배로 두 분의 신부님을 모시고 13명이 숱한 죽음의 이랑을 넘어서 되돌아왔다. 어찌 그분의 허락 없이 그런 일들이 이루어질 수가 있었겠는가. 김대건 신부가 손으로 날짜를 꼽아보니 그날이 1845년 9월이었으니까 채 1년도 안 되었다. 그런데도 왜 그 일이 왜 그토록 까마득한 전설이라도 되는 듯 먼 기억의 저편에 남아있는 것일까. 그간 너무 큰 일을 겪은 탓인지도 모른다.

더구나 용인의 은이 마을에서 보낸 5개월 남짓한 시간은 먼 천국의 이승에서 보냈던 일이거나 간밤에 꾼 꿈처럼 까마득한 시절의 추억이 되고 말았다. 김대건 신부는 페레올 주교를 민니리 한양의 석정동에 갔을 때, 매스트르 신부와 최양업의 소식을 들었다. 두 사람은 만주 훈춘에 갔다가 조선 입국이 좌절된 후로는 요동 반도에 머물러 있다는 것도 알게 되었다. 매스트르 신부와 최양업 부제가 만주 횡단에서 얼마나 고생했는지 김 신부는 선험자로서 너무 잘 알고 있었다.

"매스트르 신부와 최양업 부제를 입국시키기 위해서는 우리처럼 바닷길을 다시 뚫는 방법밖에는 없네. 조기잡이 철에 배편을 준비해서 서해로 나가보게. 중국어선과 접촉해서 그들과 거래가 잘 성사되면 두 분을 조선의 서해 가까이까지는 올 수 있게 할 수 있을 것이네. 그편이 훨씬 낫지 않겠는가?"

페레올 주교의 말을 들은 그는 조금도 망설이지 않았다.

"일단 조깃 배나 소금 배로 위장해서 백령도 근해로 나가서 중국 어선들과 접촉해보도록 하겠습니다."

서해의 조기잡이는 4월 초부터 시작해서 두어 달 동안 성업을 이룬다. 중국 어선들이 몰려드는 것도 그 시기다. 마침내 김대건 신부는 1846년 4월 13일 은이 마을 공소에서 공식적으로는 마지막 미사를 드리게 된다. '교우 여러분과 오랫동안 함께 미사를 드리며 살고 싶지만 내게는 다시 떠나야 할 하느님의 임무가 주어졌습니다.' 김 신부는 그렇게 말할 수밖에 없었다.

잠시 되돌아보면 5개월 남짓한 짧은 세월이었다. 그 기간에도 은이 공소에서 보낸 날짜는 손을 꼽을 수 있을 정도밖에 없었다. 그만큼 어머니와 함께 보낸 행복한 날들도 적었다는 뜻이다. 그런데 또다시 떠나야 한다니. 「가서 복음을 전하라.」 주님이 내린 말씀이다. 김대건 신부는 조선에 복음을 전할 두 분을 모셔야 한다.

그분들은 수년 동안 조선에 들어오려고 애썼지만 여전히 중국에 발이 묶여 있는 매스트르 신부와 최양업 부제다. 지난번 그 어려운 시련을 뚫고 페레올 주교와 다블뤼 신부를 모셔 왔듯이 그들도 모셔 와서 조선교회를 더욱 풍성하게 해야 한다.

어머님, 바로 그 일로 저는 다시 먼 길을 떠나야 합니다. 늘 떠날 때마다 안전한 여행이 아니었듯이 이번에도 어려운 길입니다. 제가 직접 배를 타고 나가는 일 보다 누군가의 마음을 얻어야 할 수 있는 일은 더 어렵고 위험한 일이라는 것을 저는 압니다. 저는 이미 하느님의 종이어서 주님의 종으로 시중을 드는 일이 본분이 온 즉, 거기서 벗어난 일을 할 수 없사옵니다.

예수님도 수난 진날 시도들에게 「나를 사랑하는 사람은 내 말을 잘 지킬 것입니다. 그러면 나의 아버지께서도 그를 사랑하실 것이며, 아버지와 나는 그에게 가서 그와 함께 살 것입니다.(요한 14·23)」라고 말했다. 그 신비스러운 말씀은 모든 교우들에게 주님의 사랑 안으로 초대하는 말씀이지만 모든 사도로 하여금 사제로 축성하시는 말씀이며 사제들에게 특별한 은총과 사랑으로 축복하는 뜻이기도 하다. 그는 깊은 묵상을 끝냈다.

"어서 다녀오십시오. 우리 신부님."

고 우르슬라는 아들 사제의 말을 듣고 고개를 끄덕인다.

성 우르슬라 동정 순교자는 5세기경에 순교한 여러 성녀라는 뜻이다. 미개인 훈족[1]들이 유럽의 라인강을 통해 독일의 쾰른시를 공격하여 방화, 약탈, 학살 등을 일삼았을 때, 훈족들은 쾰른에서 우르슬라 동정녀들을 발견하고 야수성을 드러냈지만, 동정녀들은 목숨을 걸고 그들에게 단호히 항거하며 순결과 동정을 지키고 죽었다. 일부 기록에는 우르슬라 동정녀들이 쾰른시의 수녀원 동정녀 11명이라는 기록도 남아있다.

우르슬라는 순결과 정덕을 지켜 하느님의 뜻을 기리는 성녀들을 말한다. 훗날 끌레미띠오라는 사람이 그들의 묘지 위에 성당을 짓고, 비석을 세웠는데 그 후에 묘지를 발굴한 결과, 뜻밖에도 우르슬라의 동료는 수천 명인 것으로 드러났다. 17세기에 성녀 안젤라는 우르슬라를 동정녀들을 주보로 받드는 교직 수녀회를 창설했고, 그것이 지금의 「우르슬라회」가 되었다.

고 우르슬라에게 사제 아들이란 하느님을 바라보는 또 다른 사랑과 아픔이다. 사제는 제단으로 예수님을 모셔 온

---

1 훈족(Huns): 4세기 후반, 중앙아시아와 코카서스에 살던 튀르크 계열의 유목 민족.

다. 사제는 예수님께서 원하시는 대로 〈빵을 손에 드시고 감사기도를 올리신 다음 '이것은 당신들을 위하여 내어 주는 내 몸입니다. 나를 기념하여 이 예를 행하시오.'〉라고 기도했다. 공소에서 그의 생애의 마지막 미사를 끝낸 김대건 신부는 그 미사가 정말 마지막이 안 되기를 간절히 원했다. 그는 은이 공소의 교우 지도자들에게 말했다.

「저희는 내일을 알 수 없는 위급한 오늘의 삶을 이어가며 살고 있습니다. 나의 몸과 마음을 주님께 온전히 맡기고 늘 기도 속에서 삽시다. 우리 목숨이 붙어있는 한, 다시 만날 수 있는 날이 올 것입니다. 혹시 그렇지 못하다면 천국에서 기쁘게 다시 만납시다. 홀로 남으신 체 어머님을 교우들이 곁에 두고 떠납니다.」

그는 마치 자신의 앞날을 미리 예견이라도 한 것처럼 마지막으로 비장한 인사의 말을 남겼다. 문득 눈을 다시 뜨자 지금은 해주 감영이었다. 다른 옥방에서는 고문받은 죄인들의 신음이 가슴 아프게 들렸다. 아버지! 저들의 죄를 용서하소서. 지금은 급류처럼 빠르게 흐르던 물살들이 한순간 갑자기 멈추었다.

해주 감영이 바로 흐름이 멈춘 감옥의 현장이 되었다. 지금 옥방은 깊은 정적 속에 갇혀있다. 그토록 격렬하게 뛰던 심장도, 가쁘게 쉬던 숨도, 빠르게 흐르던 피도, 팽이처럼 핑핑 돌던 머리도 부산스러웠던 마음의 움직임도 갑자기 모두 멈춰 서버렸다.

페레올 주교의 말을 듣고, 그다음 조선 입국이 예정된 매스트르 신부와 최양업 부제의 귀국 길을 뚫는 한편, 파리 외방전교회 리바 신부와의 우편물 통로를 만드는 작업도 임무 중의 하나였다. 김대건 신부가 순위도 등산 포구에서 관군들에게 붙들려 옹진군수 앞에 가서 '나는 조선에서 태어나 광동성 마카오에서 자란 천주교인 우대건이오.' 라고 말할 때까지도 세상이 그렇게 정지된 강물처럼 멈추어버릴 것이라고는 여기지 않았다. 하지만 그는 옹진군에서 해주 감영으로 송치되면서 주 하느님의 마음을 깨달았다.

김대건 신부는 잡범들과 함께 섞여 있던 옥방에서 격리되어 독방에 따로 갇혔다. 손과 발에는 쇠사슬이 채워져 있고, 목에는 칼이 채워져서 움직일 수조차 없다. 옥방 밖에는 4명의 옥졸이 밤낮으로 지키고 있다. 그들은 장승처럼 움직이지 않는다.

김 신부는 서해의 순위도 등산포 첨사에게 짐승처럼 얻어맞고, 결박된 후부터 지금까지 사람 취급을 받지 못했다. 관가에서는 죄인들이 짐승보다 못한 존재다. 첨사 정기호가 기세 좋게 술집 작부들을 여러 명 앞세우고 군졸들을 이끌고 배에 들이닥친 후에 난폭하게 굴었던 것은 얄팍한 권력욕의 과시에 불과했다.

그때 포졸들은 김 신부의 옷을 벗기고 결박하고 매질하고 조롱하면서 관가로 끌고 갔다. 그때 섬의 군수는 그를 보자 '당신이 천주교인이오?' 하고 물었다. 군수는 도대체 천주교인늘이 무엇이기에 온 조정이 난리를 치는지 잘 모르고 있었다. 섬에서는 천주교난 같은 일들이 없었기에 더욱 생소한 일이었다.

군수가 '도대체 천주교가 무엇이오?'하고 물었을 때, 김 신부는 그에게 말해주었다. 천주란 이 세상의 온갖 만물과 인간을 창조하신 분이며, 그분을 믿는 것은 마치 자식이 어버이를 믿고 따르는 이치와 같다고 말해주었다. 이어서 군수는 말했다.

"천주가 아무리 세상 만물을 창조한 분이라고 해도 조선에서는 어명이 하늘과 같다는 것을 모르시오? 누구든 어명을 거역하는 한, 이 나라의 백성은 아무도 살아남지 못하고 반역죄로 처벌받아야 합니다. 그게 현실이오. 알겠소?"

김 신부는 옹진군수가 하는 말을 모를 리가 없다. 옹진군
수는 관졸들이 배에서 가져온 물품을 보고 김 신부가 천주
교인이며 중국인이라는 것을 알게 되었다. 김 신부는 자신
이 조선인이며, 그동안 청나라의 광동성 마카오에서 천주
학을 배우고 조선에 천주교를 전하러 왔다고 말했다. 하지
만 군수는 그 말을 믿는 것 같지 않았다. 관가에서는 죄인
들의 말을 믿지 않는 것이 관행이다. 모두가 죄의 변명이며
발뺌하려는 수작이라고 여기기 때문이다.

"나는 당신을 곧 해주 감영으로 보낼 것이오. 당신의 죄
는 거기서 잘잘못이 가려질 것이오."

김 신부는 닷새 후에 해주 감영으로 송치되었다. 해주 감
사 김정집은 여전히 김 신부를 조선말을 할 줄 아는 중국인
우대건으로 알고 있었다. 그는 중국인 우 씨가 계속 조선인
행세를 하고 있다고 여겼다. 심지어 해주 감사는 김 신부가
조선말을 할 줄 알고 있음에도 불구하고 혹시나 무슨 말에
오해가 있을까 의심이 들었는지 중국어 역관을 데려와 중
국어 통역으로 신문을 하기도 했다. 해주 감사 김정집은 취
조 과정에서 천주교에 특별히 관심을 두고 있다는 것을 알
게 되었다.

나무 조각에 붙은 영혼

오늘날에도 천주교인이 아닌 사람 중에는 하느님의 존재에 대해 모르는 사람들이 꽤 많다. 게다가 하느님의 존재 자체에 대한 의문조차 가져보지 못한 사람들도 많고, 무신론자들도 많다. 물론 하느님을 믿던 사람도 의심하고 배교하는 사람들도 있다.

당시 김대건 신부를 취조하던 해주 감사도 그가 살아온 뿌리 깊은 유교 사회의 지식인 입장에서 천주학이라는 서양 종교사상이 마뜩할 리가 없었다. 그런 상황에서도 놀랍게도 많은 천주교인들은 조정의 박해와 핍박 중에서도 두려워하지 않고 자신의 목숨을 하느님을 위해 내던지는 것을 좀처럼 이해할 수가 없었다.

천주교인들은 포도청에 잡혀 와서 천주교를 안 믿겠다고 말만 하면 풀어주겠다는데도 왜 그 말 한마디를 끝내 못하는지 알 수 없었다. 해주 감사도 그 이유가 몹시 궁금했다. 천주교인들은 어명보다 하느님의 말씀을 더 두려워한다. 세상에 내 목숨을 내어 준 하느님을 거부하는 것은 생명의 은인을 배신하는 행위로 여기고 어명을 어기는 대역 죄인보다 더 무서운 배신행위로 안다.

천주교인들에게는 죽음으로서 하느님의 영광을 안을 것인가, 배교로서 현실의 안주를 택할 것인가는 단지 그 자신의 결단과 선택만 주어졌을 뿐이다. 하느님의 말씀이 무섭다는 것은 감성적인 이유만 있는 것은 아니었다. 그 속에는 하느님이 우리에게 베풀어준 사랑과 은혜에 대한 감사와 보답이 있다. 아니면 다시 하느님의 곁으로 돌아가고 싶은 강렬한 회귀본능도 함께 존재한다. 그래서 하느님의 사랑과 은총을 배반하는 삶은 속절없고, 무의미하다고 말하는 사람들은 1845년 당시에는 천주교인들밖에 없었다.

해주 감사 김정집 역시 하느님의 존재와 사람이 죽은 후에 간다는 천국과 지옥에 대해서 궁금하게 여겼다. 또한 천주교에서는 영혼불멸설을 어떻게 믿고 있으며, 사람이 죽은 후에 영혼은 어떻게 되는가도 알고 싶었다. 유교의 경학에는 그런 것들에 대한 해명이 없다. 해주 감사는 김 신부의 문초 내용을 자세히 기록해서 상부에 보고할 의도도 있었지만, 자신의 궁금증도 컸다.

"너희 천주교인들은 영혼이 죽지 않고 영원히 산다고 말하고 있다. 너 역시 그렇게 믿고 있을 터인즉, 그 실상이 어떤 것이기에 그런 것인지 말할 수 있겠느냐?"

해주 감사가 김대건 신부에게 한 질문이었다. 천주교회에서는 영혼 불멸에 대해서 다른 사람들을 쉽게 이해시키기 위한 여러 대답과 비유들이 있다. 가령 영혼이 살아 있느냐 죽었느냐의 차이는 죽은 나무와 산 나무처럼 꽃이 피느냐 안 피느냐의 차이를 예로 들기도 한다. 살아있는 나무가 꽃을 피우는 것은 생혼이 있기 때문이다.

살아있는 사람과 죽은 사람의 차이도 그와 똑같다. 살아 있는 사람은 혼이 있고, 죽은 사람은 혼이 없다. 혼은 몸처럼 죽는 것이 아니라 몸에서 빠져나간 것이다. 사람이 죽으면 혼은 본래 있던 곳으로 되돌아간다. 그곳을 우리는 저승이라고 말한다.

저승은 혼이 육체를 버리고 혼자 가는 곳이며 그곳은 하느님의 영역에 속해 있다. 우리가 죽은 사람에게 제사를 지내는 것은 썩어서 흙이 되는 육신을 공경하는 것이 아니라 죽지 않고 살아있는 영혼에 명복을 빌고 있는 것이다. 죽은 자에 대한 공경은 영혼에 하는 것이다. 그 영혼에 복을 빌어주는 것은 그 영혼이 살면서 지은 죄의 대가를 치르기 때문이다.

그 영혼이 살아있을 때 저지른 죄의 대가를 심판하는 분이 하느님이다. 하느님은 세상에서 깨끗한 영혼을 지키며 착하게 살라고 생명을 주었고, 세례를 통해 원죄마저 사면해준 순수한 그 영혼을 사람들은 세상 살 동안 오염시킨다. 그래서 우리는 죽은 후에 하느님에게 반드시 그 죗값을 치러야 한다.

우리가 믿는 천주교는 바로 그런 하느님의 심판을 믿고 따르는 종교다. 해주 감사와 고위 관리들은 영혼 불멸을 어떻게 이해하거나 그들 역시 유교를 공부하면서 삼강오륜의 도덕과 인륜을 중시하는 법을 배웠으며, 선조들의 영혼을 위로하며 깍듯이 제사를 지내면서 조상을 섬겨온 분들이다. 그 말을 들은 사람 중에는 고개를 끄덕이는 사람도 있었고, 여전히 모르겠다고 고개를 갸우뚱거리는 사람도 있었다. 물론 관청의 고위 관리 중에서는 김대건 신부의 말에 반박하기도 했다.

"너희 천주학쟁이들은 조상님들의 영혼을 위로하기는커녕 제사를 폐기하고 윤리를 부정하는 패륜 강상의 죄를 서슴없이 저지르는 자들이 아니었더냐. 그로 인해 나라에서는 호남에 살던 진산의 형제들을 효수시켜 만인들의 본보기로 삼도록 하기도 했다."

그 사실을 김 신부가 모를 리가 없다. 조상제사는 유교의 효도 사상에도 나온다. 유교의 윤리 이념을 실천해온 조선인들에게 효는 가장 핵심 덕목이자 대표적인 윤리의 가치였다. 부모님에게 좋은 음식을 해드려 입을 봉양하고, 부모의 뜻을 받드는 것이 효도의 실천 행위였다. 제사는 부모님이 돌아가신 후에도 살아계실 때 못다 한 효의 연장이라는 의미가 더 컸다.

왕가에서는 종묘에서 선왕의 신위를 모시고 제사를 지냈고, 백성들은 사당에 신주를 모시고 제사를 모셨다. 그 당시의 제사는 지금도 똑같지만 제사상에 글을 써넣은 위폐가 있다. 그것은 죽은 부모님의 혼령이 거기에 깃들어 있다고 믿는 행위다. 천주교에서 보면 그 위폐란 나무꾼들이 칼로 깎아서 만드는 나뭇조각에 고귀한 조상님들의 영혼이 붙어있다고 믿는 미신행위였다. 그런 미신행위는 천주교에서는 우상숭배로 여긴다.

1790년대에 북경의 주교였던 구베아 주교는 북경 동지사로 온 윤유일에게 세례를 준 후에 천주교 신자들의 제사에 대한 질문을 받았을 때, 그런 미신행위는 하지 말도록 지시했다. 교황 베네딕도 14세도 1742년 7월 11일 칙서를 통해 조선 교우들에게 조상에 대한 제사 금지령을 내렸다. 당시 조상제사를 효성의 기본으로 여기고 있던 조선에서는 그 말을 듣고 발칵 뒤집어졌다.

마침내 전라도 진산에 사는 양반 출신의 학자 윤지충과 권상현은 천주교 진리에 확신을 갖고 부친의 제사를 폐기하고 과감하게 위패를 불태워버렸다. 그들은 즉각 전주 감영에 체포되었다. 전주 감사가 그들의 패륜 행위를 질책하자 윤지충은 말했다.

「한낱 나뭇조각에 불과한 위패를 공경하는 것은 허황되고 불순한 행위입니다. 그 나뭇조각 따위에 어찌 내 목숨을 주신 조상님과 부모님이 깃들어 있단 말입니까. 그것은 선조와 부모의 영혼을 한낱 나뭇조각으로 타락시키는 일이며 그것을 섬기는 우리 자신의 영혼마저 욕되게 하는 일입니다. 이제 저는 조선의 그릇된 관습과 예법을 깨닫고 어떤 형벌과 죽음을 받는다 해도 다시는 하느님의 진리에 위반되는 일을 할 수가 없습니다.」

당시 윤지충과 권상연의 과감한 조상제사 폐기선언은 하느님의 뜻을 따르려는 신앙적 결단이었다. 그럼에도 불구하고 그들은 천주교를 척결하려는 노론 세력들의 반발과 유교 지지 세력들의 탄핵을 받아 패륜 강상의 죄인으로 지목되어, 1791년 12월 8일 전주 풍남문 밖에서 참수형을 받았다. 윤지충은 33세 권상연은 41세였다.

『사학징의』[1] 유관검 문초 기록에는 그들에 관한 기록이 나온다. 유관검은 호남지역의 사도로 불리는 순교자 유항검의 동생이자 윤지충의 사촌이다. 그는 윤지충과 권상연이 순교한 지 4년 후에 조선에 최초로 입국한 중국인 주문모 신부를 모시고 고향 전주에 간 적이 있었다. 그때 중국인 주문모 신부는 윤지충과 권상연의 묘소를 지나면서 그들이 순교한 얘기를 듣고 말했다.

"두 분이 순교한 이곳에는 마땅히 천주교회를 세워서 그들의 순교 정신을 크게 기려야 할 것이오."

그런 말을 나누었던 주문모 신부와 유관검은 1801년 신유교난 때 의금부에 동시에 체포되어 각각 한양의 새남터와 전주의 풍남문에서 참형 순교를 했다. 그러나 두 사람이 그날 함께 나누었던 말씀의 씨앗은 끝내 결실을 보게 되었다. 그들이 순교한 지 1백 년이 지난 먼 훗날인 1908년 프랑스의 파리 외방전교회 소속 보드네 신부가 초대 전동 본당신부로 부임하면서 성당건립을 계획, 1914년에 전동선당의 완공을 보게 되었다. 그토록 한 많은 천주교인 처형지

---

1 사학징의(邪學懲義): 천주교인들 박해에 관한 조선 정부의 기록물.

였던 풍남문 옆에 서울 명동성당과 비슷한 웅장한 유럽의 로마네스크 양식 성당이 우뚝 서게 된 것이다. 그 성당이 바로 제사 폐기로 참수형을 당한 「윤지충·권상현 순교 기념 성당」이다. 현재 전주 전동성당은 사적 제288호로 지정되어 있다. 하느님은 지금 우리들이 하고 있는 사소한 한마디의 말도 소홀히 여기지 않고 귀담아들었다가 끝내는 인간의 역사로 그 증언을 뒷받침해 주고 있다. 하느님의 말씀이 무섭다는 것은 지금까지 그 말씀의 증언들이 계속 이루어지고 확인되고 있기 때문이다.

해주 감사는 김대건 신부가 명료하게 설명한 영혼불멸설을 듣고 나더니 한참 동안 침묵을 지켰다. 순간 주위는 갑자기 찬물을 끼얹은 듯 조용해졌다. 마침내 해주 감영의 고위 관리가 관가의 권위를 다시 세우려는 듯 갑자기 목소리를 높였다.

"네 말을 들어보니 모두가 착한 말이고 도리와 이치에도 맞는 말이긴 하다. 하지만 그래도 네가 한 말들이 어명을 넘어설 수는 없는 법. 지금 조선의 조정에서는 너희들 같은 천주교인들을 척결하고 있는 것은 너희 천주교인들이 왕보다 천주를 더 섬기는 역신의 죄도 크거나와 부귀영화도 거부하는 무소불위2의 생사관도 큰 죄가 되느니라. 그래서 너도 지금 그들처럼 죄인으로 이곳에 잡혀 와서 문초를 받고 있는 것이 아니냐. 그러니 너는 지금까지 네가 만난 천주교인들이 누군지 말하지 않으면 결코 살아남지 못할 것이다. 저기 보이는 저 형틀이 무섭지 않느냐?"

그때 김 신부 역시 준엄하게 말했다.

"나는 이미 각오 된 몸이오. 당신의 고문 따위는 두렵지도 않소."

그 순간 포장이 버럭 외쳤다.

"네, 이놈. 죄인이 무엄하기 그지없구나. 한낱 상놈의 주제에 예가 어디라고 머리를 조아리지도 않고, 감사 나리 앞에서 소인이라는 말도 쓰지 않고, 무례를 저지르느냐."

"무슨 말씀이오. 난 지금까지 감사 나리께 온갖 예를 다 갖추었소. 게다가 나는 상놈이 아니라 양반 가문의 출신이오. 관가에서 오히려 죄 없는 양반의 돛배를 빌려주지 않는다고 빼앗았을 뿐만 아니라 나를 이처럼 옥에 가두는 일이 어찌 무례하지 않다고 할 수가 있겠소."

"어허, 무엇들 하느냐. 저놈을 당장…"

---

2 무소불위(無所不爲): 못할 일이 없음.

그 순간 해주 감사 김정집이 입을 열었다.

"그만들 하고 물러들 가라. 오늘은 여기서 끝내자."

그 순간 추국장[3]은 썰렁해졌다. 해주 감사는 중국인 천주교인 같은 중죄인을 치죄하고 처벌하기에는 너무 벅찬 일이어서 김 신부를 한양으로 송치하기 위해 지금까지 조사한 죄인의 보고서를 작성했다. 이미 김 신부와 함께 체포되었던 사공 엄수는 혹독한 고문에 못 이겨 조선 최초의 세례자 이승훈의 아들 이신규와 천주교 학자 이총억의 아들이자 앵베르 주교의 복사인 이재선 부자의 이름을 발설하고 말았다.

형장들이 다른 교우들의 연관관계를 집요하게 추궁하면서 주리[4]를 틀었기 때문에 도리가 없었다. 그는 끝내 김 신부의 한양 집 주소도 불어버릴 수밖에 없었다. 선주 임성용도 다를 바가 없었다. 그는 한양의 소공동에 사는 남경문 등 몇몇 교우 이름을 불렀고, 끝내는 김 신부가 장연의 대진항에서 중국 선장과 은밀히 접촉해서 물품과 편지를 전달했다는 사실마저 털어놓고 말았다.

김 신부에게는 가장 중요한 일급 비밀사항들은 포청의

---

3 추국장(推鞫場): 조선시대에 죄인을 문초하던 장소.
4 주리: 죄인의 두 다리를 묶고 그 틈에 두 개의 주릿대를 끼워 비틀던 형벌.

고문에 의해 속속 드러나고 말았다. 누구든 포청에서 심한 고문을 당하면 배겨낼 장사가 없다. 그는 즉각 관리들을 동원하여 중국어선들이 자주 나타나는 항로를 엄중히 감시하도록 지시하는 한편, 황해도 수군청 비장인 유상은과 중국어 통역관 김용남을 장연도 앞바다로 즉각 출동시켜서 중국 어선들을 수색하기 시작했다.

수군 수색대들은 섬 근처에서 조업 중인 중국어선 7척을 나포하고 철저한 수색을 편 결과, 해주 감사 김정집은 김 신부의 배에서 압수한 〈국문으로 쓴 천주교 개요〉라는 책자와 예수아 성모익 상본, 김 신부가 서해 연안을 선편으로 이동할 때마다 손수 그린 산천의 그림들이며, 선장에게 맡긴 편지들을 모조리 압수했다.

한 중국 선장으로부터는 라틴어로 쓴 편지 6통과 조선 해역이 그려진 지도 한 장을 압수했다. 해주 감사는 김 신부가 그것들을 중국 선장 편에 고향으로 보내려고 했다고 의심했다. 해주 감사는 이 사건은 일개의 지방관리가 손댈 일이 아니라고 판단하게 되었다. 어쩌면 이 사건은 청나라가 중국인 천주교 고위층 우대건을 조선 해역에 불법으로 침투시켰는지도 모를 일이었다. 그는 김 신부의 취조 결과를 조정에 긴급 보고했다.

붉은 포승줄

조선 국왕 헌종은 해주 감사 김정집의 장계(보고서)를 받고, 다음 날 6월 14일 대신 회의를 긴급 소집했다. 사태의 심각성을 깨달았던 것이다. 여러 중신들의 의견에 따라 헌종은 즉각 비변사1를 통해 포졸 대장을 파견하여 현재 조선 땅에 머무르고 있는 중국인 우대건을 잡아들여 서울로 압송하라는 어명을 내렸다. 비변사에서는 군관 6명과 군사 4명을 파견하여 5명의 중죄인을 서울 우포청으로 이송시켰다.

해주 감영은 즉시 김대건 신부를 비롯한 선주 임성용, 사공 엄수, 임치백(임성용의 아버지), 김중수(임성용의 외조부) 5명을 서울서 파견된 군관들에게 인계했다. 해주 감영은 김 신부의 배에서 압수한 모든 증거물을 호송인들과 함께 조정에 올려보냈다. 다섯 명의 압송자는 모두 정치범들

---

1 비변사(備邊司): 조선왕조의 국정을 총괄한 최고의 관청.

과 똑같이 붉은 포승줄로 결박하고 머리에는 얇고 검은 천으로 만든 포대를 씌웠다. 그들이 한양으로 압송되어 가는 길목에는 구경들이 많이 몰려들었다. 시중에는 외국인 신부들이 체포되었다는 소문도 돌았다. 그들이 한양의 도착한 날은 1846년 5월 28일이었다. 헌종은 대신들과의 회의에서 천주교인의 대표적인 탄압자로 기해박해 때 좌우 포도청 대장을 겸직했던 임성고를 우포도청 대장으로 임명하고, 해주 감영에서 이감된 천주교인들을 처형하기 위한 준비를 시작했다. 의금부 심문은 다음 날 5월 29일에 열렸다.

"너는 어느 나라 사람이냐?"

김 신부는 해주 감영에서 한 말을 다시 반복했다.

"저는 조선에서 태어나서 중국에서 자란 우대건입니다만, 조선에 온 후로 성을 김가로 바꾸었습니다."

포청에서는 김 신부가 조선에서 태어난 중국인으로 알고 있었기 때문에 중국인 통역관을 내세워서 심문을 대신했다. 따라서 김대건 신부는 중국어로 대답했다. 김 신부는 해주 감영에 이송되기 전 옹진군수가 신문할 때부터 「나는 조선인으로 중국 광동성 마카오에서 자라서 천주교 신자가 된 후에 조선에 천주교를 선교하려고 온 것입니다.」라고 말했다. 그러나 관리들은 그의 말을 믿지 않았다.

의금부에서도 김대건 신부의 말을 믿지 않았다. 김 신부가 처음부터 중국인 행세를 한 것은 조선인이라고 말하면 포청에서 관련된 천주교인들을 잡아들이는데 눈독을 들이고 있다는 것을 알았기 때문이었다. 샤를르 달레의 「조선천주교회사」에는 김대건 신부가 처음에는 중국인 우대건 행세를 하다가 한양의 포도청에서 여섯 번째 문초부터는 자신이 조선의 용인에서 태어난 김재복으로 15살에 출국했다는 사실을 자백한 것으로 나와 있다.

그때는 이미 천주교 배반자 김순성의 밀고로 포도청에서 김대건 신부의 모든 정체가 드러났기 때문에 어쩔 수가 없었다. 우포청 대장 임성고는 오래전에 세 명의 조선 소년들이 국외로 탈출하여 마카오로 떠났으며 김 신부가 그중의 한 명이라는 사실을 다른 교우들의 고문을 통해서 이미 그 사실을 알고 있었다.

"그러니까 너는 9년 전에 외국으로 공부하러 조선을 떠난 그 세 아이 중의 한 명이렷다."

"그렇습니다. 그중 하나인 김재복이 바로 나입니다."

김 신부는 의금부 판사의 질문에 따라 15살 때 조선을 떠나 9년여 만에 조선에 돌아올 때까지 겪었던 험난한 여

정의 삶을 요약하고 정리해서 설명해주었다. 그들이 은이 마을을 떠나서 평양과 의주를 지나 살을 베는 추위 속에서 얼어붙은 압록강을 건너서 조선 국경을 넘었던 일이며, 춥고 배고프고 헐벗은 상태로 구연성에서 노숙하면서 맹수들을 쫓던 일도 얘기해주었다.

그들은 퉁퉁 부어오른 발을 싸매고 걷고 걸어서 그 광대한 중국을 횡단해서 마침내 남쪽 마카오까지 6개월에 걸려서 도착했던 말도 해주었다. 마카오에서 신학 공부를 하던 일과 풍토병으로 친구를 잃었던 슬픔, 프랑스 군함을 타고 영국과 중국의 전쟁 현장을 다녀온 일이며 작은 돛배로 서해를 건넌 기적도 말했다.

의금부 판사와 고위 관리들은 김대건 신부의 말을 경청하면서 모두 고개를 갸웃거리며 감탄했다. 그들은 얘기를 다 듣고 난 후에 동정의 빛을 감추지 못하고 숙연해진 분위기였다. 그러나 그 자리는 죄를 묻는 자리였기 때문에 분위기는 곧 싸늘해졌다.

"네 말은 잘 들었다. 얼마나 많은 고통을 겪었는지 잘 알겠다. 하지만 너는 국법을 어기고 국경을 넘나든 대죄를 지었고, 상감이 엄금하고 있는 사학죄인이다. 이제 네가 더 이상 고통스럽게 살지 않기 위해서는 어명에 따라 천주교를 버리겠다고 말만 하면 된다. 그것이 네가 너 자신을 구해낼 수 있는 유일한 길이다."

의금부 판사의 말에도 김 신부는 표정 하나 바꾸지 않았다.

"저는 천주를 모시는 사람이오. 어명을 거역하면 대역죄라고 하지만 천주를 거역하면 하느님에게 그보다 더 큰 대죄를 짓는 일이오. 내게는 그 죄가 어명보다 더 크고 무섭습니다."

"네가 지금 어명을 거역하겠다는 것이냐?"

"하느님의 말씀은 어명보다 지존한 법. 상감께서도 오히려 하느님의 말씀을 더 잘 받들어야 할 것이오. 전하 역시 천주님의 명을 거역해서는 안 되는 것이라고 말씀드리고 싶습니다."

"그 말은 상감보다 천주를 더 섬긴다는 뜻이 아니냐?"

의금부 판사는 어이가 없다. 도대체 천주가 무엇이기에 그 무서운 어명조차 거절하는지 이해가 안 되었다. 제 목숨이 위험한데도 불구하고 그런 대담한다는 것인지, 의금부 판사로서 납득이 안 되었다.

"천주가 도대체 무엇이기에 그런 무엄한 말을 하는 것이냐?"

의금부 판사 역시 천주교의 정체를 자세히 알고 싶어 했다. 김대건 신부는 해주 감영에서와 똑같이 오랜 시간에 걸쳐 의금부 판사에게 천주교 신앙을 설명할 수 있는 시간을 가졌다. 사실 중국에서도 예부터 하느님에 관해서 깊은 관심이 있었다. 만물의 궁극적인 존재는 무엇인가. 그것은 오랜 인간의 의문이었다. 하느님이라는 명칭은 은나라 때는 옥황상제로 불리었다. 주나라 때는 하늘(天), 도가에서는 도(道), 성리학에서는 태극2이 되었다. 그것들은 모두 하느님과 같은 표현이다.

　　유교 경선에서 상제를 뜻히는 하늘이란 인간과 우주 만물의 근원을 뜻하는 것으로 만유를 지배하는 인격적 신이었다. 따라서 사람은 상제의 백성들이며, 상제는 백성을 사랑하여 덕망 있는 사람을 왕으로 삼고, 그 왕은 상제를 대신해서 덕으로 백성을 다스린다. 그래서 하늘은 만물을 지배하는 두려움의 대상이었다. 유교의 옛 경서에는 하늘을 두려워한다는 외천(畏天), 하늘을 공경한다는 경천(敬天), 하늘을 섬긴다는 사천(事天)이라는 말이 있다. 경서를 공부한

---

2 태극(太極): 세상 모든 존재의 가치와 근원.

유학자라면 그 하늘이 바로 천주학에서 말하는 하느님이라는 것을 쉽게 알 수가 있다.

단지 그것을 인정하느냐 안 하느냐는 개인의 신념에 따라 다를 수 있다. 유학자들이 궁금해하는 것이 또 있다. 유교도 뛰어난 학문이고 실천 종교인데 천주학은 어떤 점이 유학보다 더 뛰어나서 그토록 금지하는데도 따르는 것인지를 이해하지 못한다. 천주학은 왜 뛰어난 학문인지는 유학자들도 잘 알았지만, 정치적인 입장 차 때문에 인정하지 못했을 뿐이다. 서학의 천문·수학·지리·의학을 보면 경학이 따라갈 수 없는 이용후생과 실사구시로 가득 차 있다.

더구나 서학에는 경학이 몰라서 입 다물고 있는 하느님의 존재와 천지창조의 이야기, 영혼의 불사불멸과 후세에서 따지는 권선징악에 관한 논리들이 잘 정리되어 있다. 일찍이 조선의 실학자 성호(이익)는 천주학을 읽고 '이 학문은 성인이 다시 태어나도 따르지 않을 수 없는 학문'이라는 극찬을 한 적이 있었다. 하지만 조선의 유학자들은 천주학을 읽고 반성하기는커녕, 새 학문을 이단이라고 배척하고 권력의 비호 아래 정통경학의 이념에만 빠져서 안일하고 나태한 학문에 전념할 뿐만 아니라, 그 폐해마저 모른 채 눈 감고 있었다. 의금부 판사도 천주학에 대해 반감만 가졌을 뿐, 잘 몰랐고 이해하지도 못했다. 하지만 이번에는 지금까지 대하던 천주교인과는 달리 양반 출신에 외국에 나가서 공부하고 온 김대건 신부와 같은 천주교 대학자를 만나자 천주교에 관한 관심이 꽤 컸는지 여러 질문을 해왔다.

그의 질문 역시 천주가 누구며 어디에 있으며 왜 천주를 그처럼 경배해야 하는가. 사람의 영혼이란 무슨 뜻이며 영혼 불멸이란 또 무슨 말이냐. 사람이 죽은 후에 간다는 천당과 지옥에 관해서 물었다. 이웃을 사랑하라는 애덕의 계명에 대해서도 물었다.

김대건 신부는 그때마다 그가 잘 알아들을 수 있도록 천주교 교리를 성교 요지에 나오는 내용을 조목조목 들어서 설명해주었다. 조선 천주학의 기둥을 세운 이벽이 쓴 〈성교 요지〉3 첫대목은 천지창조가 묘사되어 있다.

아직 세상에 인간이 생기기 전에
이미 상제 계셨으니
단 한 분의 참된 신으로

---

3 성교 요지(聖敎要旨): 이벽이 쓴 한시체의 천주교 교리책.

능히 비할 성인이 없다.

육 일 동안 힘들여 일하시어

하늘과 땅을 여시고

세상 만물을 무수히 만드시니

희귀하고 또 신기하였다.

마침내 흙을 빚어서

인간을 만들어 영혼을 넣어 주시고

땅과 터를 주시며

그 밖에 천만 가지를 다 주셨다.

사람들은 하느님이 경서에 나오는 옥황상제처럼 옥좌에 앉아있거나 대단히 큰 대궐 같은 곳에 존재하는 권력의 상징처럼 여기는 경우가 많다. 하지만 정약종의 말대로 상제는 인간이었고, 하느님은 신성을 지닌 창조주여서 비교 대상이 될 수가 없었다.

당시에는 천지를 창조한 하느님의 능력에 대한 인간의 상상력을 강요할 수가 없었다. 너무나 엄청난 일이어서 감히 상상을 뛰어넘을 용기도 없었고, 그런 능력도 없었다. 그들이 상상하는 하느님은 현실 세계에서 권력을 가진 제왕이었을 뿐이었다. 〈성교 요지〉 47장에는 인간은 육체와 영혼의 합성으로 존재하고 있고, 육체는 죽은 후에 썩어 없어지고 영혼은 불멸하기 때문에 우리는 영원히 사는 영혼의 순결과 구원을 강조해주고 있다.

> 정성스레 섬기고 순종하여라.
> 조만간에 죽음 앞에 다다르니
> 육신은 굳센 것이 아니다
> 작은 죄라도 숨기면 마음이 쓰리고 괴로운 것이다
> 눈물 흘리며 무서운 근심이 뒤따르니
> 자주자주 친구를 동반하고서
> 아침마다 익히고 열흘마다 물으며
> 육신이 썩는 날이 가까워 옴을 두려워하라.

샤를르 달레의 「조선천주교회사」의 기록에 의하면 김대건 신부는 해주 감영에서 4번의 문초를 받았고, 한양의 의금부에서는 무려 40번의 문초를 받을 것으로 나타난다. 특히 의금부 판사는 문초하는 동안 대부분 천주교 교리에 대해 집중적으로 물었고, 김 신부는 역시 열심히 대답하는데 대부분의 문초 시간을 보냈다. 그 모든 문초가 다 끝났을 때 의금부 판사는 김 신부에게 말했다.

"네 말을 듣고 보니 천주교는 좋은 것 같긴 하다. 허나 조선에서 믿고 공부하는 유교 역시 천주교 못지않게 좋은 것은 사실이다. 그래서 조선에서는 유교가 정통학문이기에 그것을 믿고 따라야 하는 것이 아니냐?"

그 말에 김대건 신부는 이렇게 대답했다.

"의금부 판사님의 생각이 그러시다면 저희를 이렇게 괴롭히지 마시고 유교든 천주교든 모두 함께 어울려 믿고 따를 수 있도록 그대로 놔두면 될 것이 아닙니까. 어찌하여 저희 천주교인들을 그토록 박해하고 극악무도한 죄인들보다 더 가혹하게 다스리는 것입니까. 저희 천주교가 좋고 참된 것이라고 말하면서 한편으로는 사악한 종교라고 탄압하시는 것은 유교의 도리와 측은지심을 가진 사람들이 고문과 참수형 같은 사악한 행위를 한다는 뜻인 즉, 어찌 그처럼 어긋나는 말씀을 하시는지요."

김대건 신부의 논리정연한 말에 판관들은 할 말이 없어선 지 한참 동안 껄껄 웃기만 했다. 본인 생각해도 어처구니가 없다. 하지만 의금부 판사는 어명을 집행하는 공무 집행관으로서 아무리 천주교가 좋아도 이미 어명으로 정한 것을 바꿀 수 있는 재주가 없다.

천주교 척결의 의지는 그가 꺾을 수 있는 것이 아니었다.

그에게는 이미 정해진 김대건 신부의 처형을 바꿀 힘도 없었다. 하지만 훗날 헌종이 김대건 신부의 처형을 대신들과 논의하는 자리에서 의금부 판사는 김 신부를 사면하자는 쪽에 손을 들었던 기록이 있다.

세계지도를 바치다

어느 날 의금부 판사는 해주 감사가 김 신부의 배에서 압수해서 보낸 여러 편지와 지도를 가져왔다. 판사는 김 신부가 중국의 교우들에게 한문으로 쓴 편지를 읽었지만 안부를 묻는 정도의 글밖에는 별다른 내용이 없어서 트집을 잡을 수가 없었다.

"서양말로 쓴 이 편지들의 내용을 그대로 번역해서 말해 보아라."

김 신부는 의금부 판사가 준 프랑스어 편지들을 건네받았다. 편지들은 모두 베르뇌 신부와 매스트르 신부 그리고 리바 신부들에게 쓴 편지들이었다. 그 편지는 해주 감영에서 서해안의 중국 어선들을 수색해서 찾아낸 것들이었다. 김 신부는 그 편지의 내용들도 대부분 안부를 묻는 내용들에 불과하며 모두 중국의 학자들에게 보낸 편지라고 말했다. 의금부 판사는 그의 말을 확인할 방법이 없었다. 처음부터 김 신부를 트집 잡을 것들이 없었고, 내용을 알 수 없었기 때문에 페레올 주교가 쓴 편지의 글씨체와 김 신부의 편지에 쓴 글씨체에 대해서 꼬치꼬치 캐묻기만 했다.

"이 편지와 저 편지는 어찌 글씨체가 다른 것이냐?"

"이 편지는 철필로 쓴 것이어서 달라 보이는 것뿐입니다. 제게 철필을 갖다주시면 그대로 써 보이겠습니다."

김대건 신부는 조선에 철필이 없다는 것을 잘 알고 있었다.

"조선에 그런 철필이 어디 있느냐?"

"철필이 없으면 똑같이 쓸 수가 없습니다."

의금부 판사는 할 말이 없었다. 그때 한 관리가 새의 깃을 건네주면서 그것으로 써보라고 말했다.

"이것으로는 저런 글씨체가 나오지 않습니다. 서양의 글씨는 한 사람이 여러 필체로 쓸 수가 있습니다. 제가 새의 깃도 굵기에 따라 글씨체가 어떻게 다르게 쓸 수 있는지 보여드리겠습니다."

김 신부는 새의 깃을 아주 가늘게 깎아서 세필로 써 보이기도 하고, 새의 깃을 다시 굵게 깎아서 전혀 다른 글자체를 써서 보여주었다. 판사는 그것을 유심히 보더니 아무 말도 하지 않았다.

"어떻습니까. 두 개의 글씨체가 전혀 다르지 않습니까?"

의금부 판사는 알았다는 듯이 고개를 끄덕였다. 그는 더 이상 글씨체에 대해서 묻지 않았다. 그는 지금까지 김대건 신부와 온갖 얘기를 많이 나누는 동안, 김 신부의 인품이 곧고 외국어 실력이 뛰어나며 말이 논리적이고 성격도 개방적이고 무척 활달하다는 것을 깨달았다. 지금까지 의금부에서 문초한 천주교인들과는 다른 면모를 보이는 아까운 조선의 인재였다. 지금 대궐에서도 김 신부만 한 학식과 기품을 가진 대감들은 없었다.

그러는 동안에도 10여 명의 사학죄인들이 속속 한양에서 체포되어 의금부에 들어왔다. 그중에도 「기해일기」라는 순교자의 전기를 편찬하고 김대건 신부와 함께 라파엘 호를 타고 상해까지 동행했던 현석문은 김 신부가 체포되었다는 소식을 들었다.

그는 재빨리 새집을 마련하고 김 신부가 머물러 있던 집에서 교회 자금과 성물들을 옮겨놓았다. 하지만 이삿짐을 옮겨준 교우가 그 모든 사실을 자백하면서 현석문은 그 집에 있던 여자 교우들과 함께 포졸에 붙잡히고 말았다. 김 신부와 함께 의금부 감옥에 갇힌 교우는 모두 10명이었다. 그들 중에 4명은 배교를 했다. 배교한 4명 중 3명은 자신의 신앙이 나약해서 배교한 것을 크게 뉘우쳤다. 1839년에 한 번 배교했다가 다시 체포되어 들어온 이신규 마티아는 다시 배교하지 않기로 다짐하고 순교를 각오했다.

서해에서 소금 배로 위장하고 김 신부와 함께 나갔던 선주 임성용의 부친 임치백과 남경문 베드로는 김대건 신부와 옥방에 함께 수감되어 있었다. 특히 임치백은 천주교 신자가 아니었지만 아들인 선주 임성용을 석방하려고 포청에 가서 항의하다가 함께 체포되어 의금부에 끌려왔다. 김대건 신부는 그에게 말했다.

"형제님이 감옥에 들어오게 된 것은 주님의 특별한 은혜를 받으신 것입니다. 그러니 감사와 지성으로 응답해야 할 것이오."

임치백은 감옥에서 김 신부에게 교리를 배운 후에 요셉이라는 세례명으로 세례를 받았다. 그가 아들을 구하려다가 감옥에서 세례를 받은 것은 김 신부의 말대로 주님의 특별한 은혜였다. 그의 친구들은 그가 세례를 받았다는 말을 듣고 어서 배교하고 감옥에서 나오라고 독촉했다. 그는 놀랍게도 그 말을 거절하면서 '천주님은 나의 왕이시고 아버지시다. 나는 이제 천주를 위하여 죽기로 결심했다. 나는 이미 죽은 사람이나 다름없으니 다시는 나에게 배교하라는 말을 하지 말아 달라'고 부탁했다. 포졸들은 감옥에 들어와서 세례를 받고 천주교인이 된 그를 배교시켜 내보내려고 대꼬챙이로 찌르는 고문을 계속했다. 형리들이 그를 세 번이나 주리를 틀었는데도 끝내 그의 배교를 받아내지 못했다. 심지어 포졸들은 그에게 줄 톱질을 하면서 아픈 신음을 내면 그 신음을 배교하겠다는 뜻으로 알고 풀어주겠다고 했지만 그는 끝내 출옥을 거절하고 눌러앉았다.

그는 정오부터 해질 때까지 몰매질을 계속 맞았고, 그래도 죽지 않자, 포졸들은 그를 끝내 복을 매어 죽였다. 그가 감옥에서 처음 세례를 받고도 순교할 수 있었던 것은 김대건 신부가 그에게 말했던 것처럼 깊은 뜻의 계시가 있었다. 왜냐하면 오랜 신자들도 고문의 고통을 견디지 못하고 배교하는데 감옥에 들어와서야 갓 세례를 받은 그의 신앙심이 얼마나 깊었기에 순교를 할 수 있었겠는가. 당시 그의 나이 43세였다. 이어 한이영 라우렌시오가 체포되었다. 그는 결혼한 후에 교우촌인 용인의 은이 마을로 이사했다. 그곳에서 그는 가난한 이웃을 돕고, 주린 사람들의 배를 채워주었다. 누더기를 입은 사람을 만나면 자기 옷을 내주는 등 이웃사랑을 크게 베풀었다. 김대건 신부가 체포된 후에 한양의 포졸 20여 명이 은이 마을의 그의 집을 급습하여 한이영을 대들보에 매달아 심한 매질을 하며 배교하고 공범을 대라고 고문했지만 단호하게 거절했다.

포졸들은 그의 다리를 묶고, 두 발 사이에 깨진 그릇의 조각을 끼우고 다리를 굵은 밧줄로 톱질하는 고문을 한 후에 한양까지 맨발로 압송했다. 그는 9월 20일에 48세의 나이로 교수형을 받아 순교했다. 감옥에 있는 교우들은 모두 언제 어떻게 죽을지 몰랐지만 끝내 주님의 자비를 믿고 마지막 순간까지 자신들의 거룩한 이름을 증거 할 수 있는 힘을 주님이 줄 것이라고 믿었다.

의금부에서는 페레올 주교의 복사를 섰던 이의창(이총억의 아들)을 비롯한 몇몇 천주교 주요 지도자를 체포하기 위해 안간힘을 썼지만 포졸들은 수색에 지쳐서 열성이 식어버렸다. 김대건 신부는 천주교 주요 지도자들이 지금은 이천, 양지, 은이 마을 등 충청도와 전라도 쪽으로 모두 피했다는 것을 알고 있었다.

김대건 신부는 혼자 생각했다. '페레올 주교님과 다블뤼 신부님이 내가 죽은 후에도 오래오래 잘 숨어서 선교를 계속하셨으면 좋으련만…' 하고 속으로 바랬다. 김대건 신부는 그 후로도 자주 의금부 판사의 문초를 받으면서 그와 관련된 다른 천주교인에 대한 질문을 받았다. 지난 세월 외국 유학 시절에 관한 질문도 있었다. 그럴 때마다 외국에는 마카오에서만 머물렀으며, 교우들에 관한 정보를 물었을 때는 이미 의금부에 체포된 교우들 이름만 댔다.

 김 신부는 의금부 옥사에서 밤이면 손목에 쇠사슬이 매여 있었음에도 불구하고 조정의 몇몇 대신들의 부탁을 받고 세계 지리의 개요를 책으로 만들었고, 영국서 만든 세계지도를 번역도 해서 지도 두 벌을 색칠까지 해서 만들어 주었다. 그 중의 지도 한 벌은 헌종에게 바쳐지기도 했다. 국왕의 국정 일기 필사본 『일성록』에는 병오년 윤오월 7일~8일에 〈김대건이 그린 글과 그림으로 왕에게 바친 것〉이라는 글이 나온다.

김대건 구명 탄원서

1846년 6월, 프랑스 동양함대 사령관 세실은 3척의 군함을 거느리고 충청도 홍주의 외연도 앞바다에 닻을 내리고 조선의 정승 대감에게 한 장의 문서를 전했다. 지난 1839년 8월에 조선에서 프랑스의 천주교 사제 앵베르, 모방, 샤스탕 세 사람을 사형시킨 것에 대해 강력하게 문책하는 서신 내용이었다.

「프랑스 동양함대 사령관 세실이 조선 정부에 묻습니다. 귀국은 지난 1939년 8월 14일에 덕망 높은 프랑스 선비 앵베르, 모방, 샤스탕 세 분을 사형에 처했습니다. 본인은 우리 국민을 보호해야 할 책임이 갖고 있기에 지금 이곳에 와서 그 문제를 따져 묻고 있는 것입니다. 세 분의 프랑스 학자가 무슨 죄를 지어서 그토록 참혹한 처형을 가한 것입니까. 본인이 알기로는 그분들이 불법 입국한 죄를 물어 처형했다고 들었습니다만 중국인, 만주인, 일본인들이 불법 입국을 하면 처벌하지 않고 본국으로 송환하면서 왜 유독 조선은 프랑스인만 참혹하게 처형한 것입니까. 그들이 조선에서 살인, 방화 같은 큰 죄를 저질렀다면 할 말이 없습니다. 그들은 프랑스에서도 존경받는 학자들입니다. 조선은 문명국으로 알고 있었는데 어떻게 그런 분들에게 야만국처럼 참혹한 처형을 한 것입니까. 그것은 분명 프랑스 황제를 모독한 처사가 아닐 수 없습니다. 프랑스 국민들은 비록 고향을 떠나면 외국에서 산다고 해도 정부는 그들을 보호하고 있다는 것을 아셔야 할 것입니다. 지금 당장 답변할 수 없다면 내년에 우리 군함들이 다시 올 것이니 그때까지 답변서를 준비해두십시오. 우리 황제는 조선의 국왕은 물론 대신들에 이르기까지 반드시 그 책임을 물을 것이며 조선은 큰 불행을 면치 못하게 될 것입니다.」

조선의 외연도 주민은 프랑스 함대장 세실의 문서를 홍주목사에게 보냈고, 그 문서는 충청감사 조운철이 받아 즉각 대궐에 올렸다. 헌종은 그해 6월 23에 그 문서를 읽고 크게 놀랐다. 왕은 영의정 권돈인을 통해 대신들에게 그것을 회람시키는 한편, 그 대책을 마련하라고 주문했지만 대궐에서는 한 달 이상을 요란하게 떠들기만 했을 뿐, 마땅한 대책을 내놓지 못했다.

조선이 프랑스와 맞서 싸울 힘도 없었고, 그렇다고 국왕에게 굴욕적으로 빌어야 한다고 말할 수도 없는 형편이었다. 그즈음 의금부 판사는 김대건 신부에게 충청도 해안에 프랑스 군함이 나타나서 함대장 세실이 세 명의 프랑스 사제를 처형한 조선 정부의 행위에 대해 답변서를 요청했다는 말을 전해주었다. 김 신부는 의금부 판사의 말을 듣고 그 사정을 알게 되었다.

"너는 프랑스 군함이 조선에 들어와 조선에 그런 답변서를 요구한 일을 어떻게 생각하느냐?"

그때 김대건 신부는 의금부 판사에게 부드럽게 말했다.

"프랑스 해군이 괜히 조선을 헤치려는 것은 아닌 듯싶습니다. 조선에서는 프랑스 학자 세 명을 불법 입국자로 몰아 처형했기 때문에 그 책임을 물은 것입니다. 프랑스가 무력을 쓰지 않고 단지 답변서만 요구한 것은 그들의 입장에서 꽤 관대한 태도를 보여준 것입니다. 그리 두려워할 필요가 없다고 생각합니다."

의금부 판사는 그 말을 믿는 눈치였다. 프랑스 함대의 세실 함장이 조선에 왔다는 말을 의금부에서 들은 김대건 신부는 내심 반가웠다. 영국과 중국이 아편전쟁에 휩쓸리던 4년 전 신학생 시절에 세실 함장의 통역관으로 에리곤 호를 탔던 기억이 새삼스러웠다. 만일 세실 함장이 그때 마닐라로 가지 않고 조선에 들어와서 점잖게 통상 교섭했다면 지금쯤 조선과 프랑스는 좋은 관계가 되었을 것이다. 어쩌면 천주교에 대한 탄압도 서양 선교사들에 대한 배척도 하지 않았을 것이라는 아쉬움이 들었다.

혹시 세실 함장이 페레올 주교와 다블뤼 신부가 조선에 머물러 있다는 것을 알고 그들의 안전을 위해 조선에 온 것이라면, 그리고 옛 통역관이었던 조선 청년 김 안드레아가 지금 어떤 처지에 빠져있다는 것을 알고 있었다면 그가 모처럼 조선에 왔다가 그렇게 훌쩍 떠났을 것 같지가 않았다. 그러나 김 신부는 그런 일을 두고 크게 기대를 걸거나 낙관은 하지 않았다. 세실 함장이 조선 천주교인들의 박해 사실을 전혀 모르고 있을 수도 있고, 혹시 안다고 해도 프랑스 해군 함장이 조선 국왕을 상대로 조선의 선교 문제에 개입할 수는 없을 것이기 때문이었다. 더구나 프랑스 해군이 파리 외방전교회의 조선 선교의 실정을 알 리가 없고, 은밀히 조선에 들어온 페레올 주교와 다블뤼 신부의 존재를 알 수도 없었다. 훗날 김대건 신부가 페레올 주교에게 보낸 옥중 서간을 보면 그 당시의 생각이 잘 드러난다.

「주교님, 커도 오늘에서야 프랑스 함대가 조선 해역에 들어왔다는 것을 알았습니다. 하지만 세실 함장의 문책서가 조선교회에는 독이 될 수가 있습니다. 주교님, 케 어머님을 부탁드립니다. 10년이나 아들과 떨어져 살다가 겨우 만났지만, 또다시 옥에 갇힌 저를 보는 부모의 심청을 생각하면 마음이 아픕니다. 바라건대 케 어머님의 슬픔을 위로해 주시기 바랍니다. 아아! 주님이시어. 이케 모든 일이 잘 결실을 맺도록 잘 인도하여 주시옵소서.」

그의 서간문에는 이미 순교를 각오하면서 어머니에 대한 깊은 연민과 효성을 글로 전해주고 있다. 페레올 주교는 김 신부의 옥중편지를 받아본 후에야 프랑스 함대가 조선 근해에 왔다는 것을 알았다. 주교는 서둘러 세실 함장에게 다음과 같은 편지를 썼다.

「세실 함장이 반드시 조선에 다시 와서 문책서의 답변서를 확실히 받고, 지난번 순교한 우리 사케들의 처형에 대한 배상을 강력히 요구한다면 조선의 천주교회에는 큰 득이 될 수가 있을 것입니다. 하지만 혹시 문책서로 조선을 위협만 하고 흐지부지 말아버린다면 조선은 프랑스를 경시할 것이고, 조선의 국왕은 천주교인들에게 더 큰 분노를 보일 것입니다. 그 문책서는 벌써 김대건 신부의 죽음을 재촉하는 계기가 되었을 것입니다.」

페레올 주교는 그 편지를 외연도에 있는 세실 함장에게 급히 전하기 위해 교우를 파견했다. 그러나 교우가 외연도로 달려갔을 때 프랑스 함대는 출항한 후였다. 프랑스 세실 함장의 조선 도착과 관련된「한불관련 자료집」에는 그 부분에 관한 자세한 내용이 수록되어 있다.

「프랑스의 세실 함장은 본래 조선에 입국해서 조선 정부에 정식으로 면담을 요청하고, 조선의 프랑스 선교사 처형에 관해 직접 해명을 들을 계획이었다. 그러나 조선의 서해안은 조수간만의 차가 너무 큰 데다가, 함선의 항해와 정박이 불가능했으며 한강 입구를 끝내 찾지 못했다. 세실 함장은 조선과의 면담을 포기하는 대신 문책서를 보내기로 했다. 세실 함장은 외연도 주민들에게 문책서를 주면서 한양의 조정에 전해달라고 요청했으나 주민들은 그것을 한사코 거절했다. 프랑스 함대는 할 수 없이 문책서를 상자에 넣어 섬에 놓고 떠나버렸다. 결국 그 상자는 후에 조정에 전달되었다. 그때가 1846년 6월 18일이었다.」

그 기록을 보면 아시아 함대사령관 세실 함장은 파리 외방전교회를 통해서 조선에 파견된 선교사들의 상황이나 정보도 없이 조선에 입국했던 것이 드러났고, 그의 업무가 조선과의 교역에 있었는지 아니면 처형된 선교사에 대한 문책에 있었는지 많은 의문점을 드러내고 있다. 세실 함장이 오래전에 시도했다가 좌절된 조선 입국이 다시 이루어졌지만 아무런 성과 없이 귀국한 것도, 그다음 해에 다시 오겠다고 한 약속도 지켜지지 않은 것을 보면 의문점을 남기고 있다.

어쨌든 김대건 신부가 그렇게 순교를 각오하고 다짐하고 있는 사이에 조선의 일부 내신과 의금부 판사는 「긴대건 신부의 목숨을 구하기 위한 청원서」를 헌종에게 올렸다.

「사학죄인 김대건은 국법을 어기고 외국에 나간 것은 죽어 마땅하지만 끝내 귀국했으므로 이미 죄를 기워 갚은 것으로 봐도 될 것입니다. 그는 고결한 인품을 지녔으며, 그의 뛰어난 외국어 실력과 깊은 학문은 조선에 꼭 필요한 인재라고 생각됩니다. 바라건대 전하께서는 그를 넓은 마음으로 윤허해 주시기를 바랍니다.」

일부 대신들의 간곡한 탄원도 있었고, 국왕 헌종 역시 김대건 신부에게 호의적이어서 김 신부의 판결은 즉각 결정되지 않은 채, 3개월 동안이나 끌었다. 이윽고 1846년 9월 5일, 헌종이 주재한 대신 회의에서 영의정 권돈인은 처형을 주장한 일부 대신들이 뜻을 모아 김 신부를 국사범으로 취급하여, 군문 효수경중[1]을 선고하도록 간청하면서 국왕에게 말했다.

「이 사건은 법대로 처리하여 종결해야 할 것이 옳은 줄로 압니다. 그밖에 어떤 적당한 해결 방법은 없는 줄로 아뢰옵니다.」

그것이 영의정의 결론이었으므로 헌종은 그의 말을 어명으로 허락해버리고 말았다. 김대건 신부는 감옥에서 사형 언도 소식을 들었다. 이미 구속당했을 때부터 예상하고 각오하고 있던 일이었다. 이미 하느님의 뜻을 깨닫고 있었던 그는 성 베드로가 순교를 통해 천주교회에 반석이 되었던 것처럼 자신의 순교도 조선 천주교회의 밑돌이 되기만을 바랄 뿐이었다.

---

1 효수경중(梟首警衆): 죄인의 목을 베어 군문에 높이 매달아 경계로 삼다.

사랑하는 형제여

　김대건 신부는 우리 교우들을 하느님의 씨앗으로 비유해서 그 씨앗이 성령의 은총을 받아서 결실을 맺고, 하느님의 나라로 들어가 영원히 살 것을 깨우쳐 주고 있다. 하느님이 주신 생명을 하느님의 뜻을 세상에 펼치는데 바친 사람들이 영광을 받는 것은 당연한 일이다. 김 신부는 예수 그리스도가 스스로 하느님과 교회를 위해 목숨을 바친 모범을 통하여 십자가의 영광을 약속한 것처럼 조선교회도 십자가의 고난과 피로 결실을 맺을 것이라고 믿었다.

　하느님의 세상에서는 어떤 세속적 박해나 공격도 결코 성공하지 못한다는 확신을 계속 보여주었다. 조선에 천주교가 전해진 지 60여 년의 세월이 흐르는 동안 수많은 교우들이 순교의 피를 흘렸고, 심한 박해를 받았지만 조선교회는 조금도 흔들리지 않고 그 교세는 꾸준히 커지는 기적이 일어나고 있지 않은가.

　조선교회의 주교들은 박해자들이 계속 목을 잘라도 다시 임명되었고, 또 임명되었다. 그 후로도 계속 선교사들이 조선에 들어와 지금은 제4대 페레올 주교까지 그 맥을 이어가고 있으며, 앞으로도 조선교회는 더 굳건히 커져갈 것을 약속하고 있다. 참으로 조선 천주교회의 앞날은 밝아 보였다. 그런 생각을 하면서 마침내 김대건 신부는 조선 교우들에게 보내는 마지막 이별의 편지를 썼다.

『사랑하는 교우들이여! 생각하고 또 생각해보십시오. 주 하느님께서는 처음에 천지 만물을 창조하시고 우리를 당신의 형상대로 만들었습니다. 그 목적과 뜻이 어디 있는지 잘 생각해보십시오. 세상일을 되돌아보면 참으로 허무한 슬픔에 잠길 뿐입니다.

이 거칠고 허무한 세상에서 주께서 도대체 우리에게 목숨을 주신 뜻이 무엇이겠습니까. 만일 우리가 주님을 깨닫지 못하면 우리는 태어난 보람도 없고, 살아야 할 이유도 명분도 없다는 것을 잘 알게 될 것입니다. 우리가 그분의 은혜로 태어나서 살고, 그분의 은혜로 세례도 받고, 성 교회의 귀한 이름까지 받았기에 우리는 하느님의 이름을 거룩하고 신성하게 지켜야 할 책임과 의무가 주어진 것입니다. 만일 그렇지 않으면 주께서 주신 이름을 욕되게 할 뿐만 아니라 배신행위만 될 뿐입니다. 농부는 씨뿌리고 밭을 갈고 거름을 주면서 추위와 더위에도 부지런히 애써 수확을 거둬들이면서 피땀과 온갖 고통도 다 잊고 기쁨에 가득

찹니다. 하지만 그토록 노력해도 농사가 잘 안되어 추수를 못 하게 되면 그동안의 애쓴 보람도 없이 슬픔에 가득 차고 맙니다. 보십시오. 주님의 밭은 이 세상이고 인간은 주님이 뿌린 좋은 씨앗들입니다. 주님께서는 우리에게 은총의 거름을 베푸시고, 그 자신이 우리에게 목숨을 내어주면서 피로써 우리를 적시어 기르셨고, 성서로 우리를 가르치시고 성령으로 우리를 인도하셨습니다. 이것이야말로 얼마나 큰 세상의 섭리입니까. 바로 주님의 씨앗이었던 우리들에게 추수는 죽음이요, 심판 날입니다. 우리가 좋은 씨로 싹트고 잘 자라서 은총의 좋은 열매를 맺게 되면 천국의 기쁨을 누리지만 불행하게도 우리의 씨앗이 은총의 열매를 맺지 못하면 쭉정이처럼 버려져서 지옥의 형벌을 받게 될 것입니다.

사랑하는 형제들이여!

잘 생각해보십시오. 우리 주 예수 그리스도께서는 이 세상에 내려오시어 말할 수 없는 박해를 받았습니다. 그 고통으로 성 교회가 세워진 것처럼 우리 조선교회도 십자가의 고난 속에서 발전하는 것입니다. 주님께서 승천하신 후에 사도들이 이끌어온 천주교회 역시 늘 박해 속에서 성장해왔습니다. 그때마다 세속의 반대 세력들은 그토록 천주교회를 없애려고 갖은 노력을 하고 있지만 결코 천주교회를 이길 수는 없을 것입니다. 조선교회도 창설 이래 큰 폭풍우에 휩쓸렸지만 우리 교우들은 여전히 굳건합니다. 그런 시기에 저도 많은 교우들과 함께 감옥에 구속되었습니다. 지금 여러분도 위험에 처해있는데 어찌 그런 일이 가슴 아프고 괴롭고 슬픈 일이 아닐 수 있겠습니까.

주님께서는 내 허락 없이는 너희들 머리카락 한 올도 빠질 수 없다고 말씀하셨습니다. 주님께서는 지금도 우리를 지켜보고 계시므로 교우 여러분께서는 하느님의 뜻에 따라 예수 그리스도의 편에 서서 온갖 세속과 마귀에 대항해서 싸워 나가야 합니다.

교우 여러분은 서로에게 사랑을 베풀면서 천주께서 우리 교우들에게 자비를 주시고 우리의 기도를 들어주실 때까지 기다립시다. 이곳에 저와 함께 옥에 갇혀있는 20명이 사형을 받더라도 그 가족들을 잊지 말고 돌보아주십시오. 이 세상의 일들은 모두 천주님의 뜻으로 이루어지는 것이니 우리들에게는 단지 상을 받을 것이냐 벌을 받을 것이냐 둘 중 하나만 선택이 있을 뿐입니다.

나의 죽음은 교우들에게 뼈아픈 일이고, 슬픈 일이지만 주님께서는 곧 나보다 더 훌륭한 사제를 틀림없이 보내주실 것입니다. 이제 더 이상 슬퍼하지 마시고 큰 사랑을 갖고 천주를 섬기도록 힘쓰십시오. 사랑으로 한 몸, 한 몸이 됩시다. 할 말은 많으나 모두 다 쓸 수 없어서 여기서 붓을 놓습니다. 천국에서 여러분들과 다시 만나서 영원한 기쁨을 함께 누리기를 바랍니다.』

김대건 신부의 이 편지는 유일하게 한글로 쓴 것으로 현재는 서울 양화진 순교자 기념성당에 소장되어 있다. 김 신부는 서해안 등산진 포구에서 수군 첨사에 체포된 후, 3개월에 걸친 옥고를 치른 끝에 끝내는 참수형 언도를 받았다. 김대건 신부가 형리들에 이끌려 한강의 새남터에 도착한 것은 1846년 9월 16일이었다.

　긴 나무 채 두 개로 투박하게 만든 가마의 새끼로 짠 자리에 김 신부는 두 손이 뒤로 묶인 채 앉았다. 군졸들은 그와 함께 나타난 군관의 도착을 알리는 총을 쏘고 나팔을 불었다. 군졸은 모래 위에 긴 칭을 꽂고 깃발을 매달았다. 군사들이 그 둘레로 쭉 둘러섰다. 김 신부가 탄 마차가 도착하자 군사들은 둘러선 한쪽을 터서 죄수를 맞아들였다. 형 집행 감독관인 군관이 사형 선고문을 읽은 후에 김대건 신부에게 마지막 발언 기회를 주었다. 김대건 신부는 큰 소리로 말했다.

　"이제 마지막 때가 왔습니다. 여러분은 내 말에 귀를 기울여주십시오. 내가 외국 사람들과 소통을 한 것은 오직 나의 신앙, 나의 천주님을 위해서였습니다. 나는 이제 천주님을 위해 죽습니다. 이 순간부터 나의 영원한 생명이 시작됩니다. 여러분도 죽은 후에 행복하기를 원한다면 천주교를 믿으십시오. 천주님께서는 당신을 핍박하는 자들에게는 벌을 주실 것입니다."

그 말이 끝나자 군졸들은 그의 웃옷을 벗기고 지금까지의 관례에 따라 죄인의 두 귀에 화살로 꿰뚫고, 얼굴에는 물을 뿌리고 회를 한 줌 뿌렸다. 두 명의 군졸이 김 신부의 양쪽 겨드랑 밑으로 두 개의 몽둥이를 끼워 넣어 앞뒤에서 걸어 매고 군졸들이 빙 둘러선 원둘레의 바깥쪽을 재빨리 세 바퀴를 돌렸다.

그다음 군졸들은 그의 무릎을 꿇리고 밧줄로 머리를 동여맨 다음 한쪽 끝을 사형대로 쓸 말뚝에 뚫린 구멍에 끼어 잡아당겼다. 그러자 김 신부는 자연히 하늘을 올려보게 되었다. 25세의 젊은 김대건 신부는 하늘을 우러러 주님을 바라보면서 조금도 두려워하지 않고 당당하고 냉정하게 말할 수 있었다.

"내가 목을 이렇게 하면 쉽게 벨 수가 있겠소?"

김 신부가 목을 가누며 군졸에게 말했다.

"아니오. 몸을 조금 돌리시오. 자아, 됐소."

"준비되었으면 이제 치시오."

마침내 12명의 군졸이 김 신부의 주위를 빙빙 돌면서 순서대로 한 차례씩 목을 치는 시늉을 하는 가운데 이윽고 여덟 번째 군졸의 칼이 허공 위로 높이 솟구쳐 올라갔다.

김대건 해설

하느님 안에 숨겨진 분

저는 김대건 신부가 살았던 25년간의 짧은 순교의 생애를 되돌아보면서 문득 성서의 콜로새서 한 대목이 떠올랐습니다.

"여러분은 위에 있는 것을 생각하고 땅에 있는 것은 돌보지 마십시오. 여러분은 이미 죽었고, 여러분의 생명은 그리스도와 함께 하느님 안에 숨겨져 있기 때문입니다."

김대건 신부님은 평생을 단지 하느님만 돌보면서 사셨습니다. 그분은 조선 양 떼들의 목자가 되기 위해 고향을 떠나면서 하느님의 위대한 종이 되기로 마음먹었지만, 하느님께서 그를 선택하셨기에 일찍이 그리스도의 위대한 종으로서 목숨을 이미 내놓으셨습니다. 그분의 목숨은 이미 그리스도와 함께 하느님 안에 숨겨져 있었기에 오직 저 위만 바라보고 사셨던 것입니다. 김대건 신부님의 생애를 살펴보는 동안, 저는 그분의 하느님 사랑에 깊이 감동하였습니다.

그래서 저는 하느님의 사랑도 태어나면서 이미 세상에 갖고 나온다는 생각을 하게 되었습니다. 저는 이 글을 마치면서 김대건 신부님에게 평생 신앙의 교부였으며, 영적 지도자였고, 진정한 삶의 동반자였던 페레올 주교께서 하신 한마디 말씀으로 제 슬픈 마음을 위로받을 수밖에 없습니다.

「그의 순교가 오직 하느님으로부터 천국의 영광을 얻었을 것이라는 생각을 하면서 저는 깊은 슬픔을 겨우 위로하고 있습니다.」

어쩌면 이 글을 읽으신 분들도 똑같은 마음일 것입니다. 김대건 신부님은 이미 천국의 영광 안에 드셨습니다. 조선에서 대역죄인의 시신은 국법에 따라 사흘간 형장에서 반출이 금지되어 있었습니다. 사형을 마친 군관은 김 신부의 목을 다시 몸에 붙여주고, 그에게 자줏빛 조끼와 무명 바지를 입히고, 거적에 싸서 굵은 새끼로 동여매고 구덩이 속에 묻어서 감시인을 붙여두었습니다.

국사범의 시신은 사흘 후에 가족들이 찾아갈 수 있도록 허용되어 있지만 김대건 신부의 경우는 장례조차 치르지 못하게 하려고 참수한 자리에 그대로 묻어 경비를 세워 지켰습니다. 그때 미리내 교우 이민식과 청년 교우들이 40일이 지난 후에야 한밤에 감시의 눈을 피해 김 신부의 시신을 옮겨, 밤길로만 꼬박 7일을 걸려 1백50리 떨어진 경기도 안성군 교우촌 미리내로 모실 수 있었습니다. 그날이 1846년 10월 26일, 그의 나이 25세였습니다. 페레올 주교는 김 신부의 순교 소식을 전해 듣고, 파리 외방전교회 신학교 교장 바랑 신부에게 쓴 편지는 김대건 신부님에 대한 추도사로 대신하는 글로 남았다.

「바랑 신부님께서는 세가 김대긴 안드레아 신부를 잃은 것이 얼마나 가슴 아픈 일인지 잘 아실 것입니다. 나는 김 신부를 아들처럼 사랑했습니다. 그의 순교가 오직 하느님으로부터 천국의 영광을 얻었을 것이라는 생각으로 저는 지금 벅찬 슬픔을 겨우 위로하고 있을 뿐입니다. 김 신부는 조선 최초의 첫 사제 순교자가 되었습니다. 그를 만난 사람들은 모두 그의 신앙심과 성실한 마음에 존경과 사랑을 보내지 않을 수 없습니다. 나는 어떤 일도 안심하고 맡길 수 있었고, 늘 성공할 수 있다는 확신을 가질 수 있었습니다. 오늘의 조선교회에서 그를 잃은 것은 큰 슬픔이자 불행이 되었습니다.」

그 후 7년의 세월이 흐른 1853년 페레올 주교는 은둔지에서 병환으로 선종했습니다. 그는 임종할 때 미리내의 김 신부 묘소 옆자리에 묻어달라는 유언을 남겼습니다. 페레올 주교는 사후에도 김대건 신부를 곁에 두고 싶었던 인연이었습니다. 저는 두 분의 사랑과 믿음, 존경과 우정이 부러웠습니다. 김대건 신부가 순교로 뿌린 하느님의 사랑은 그 씨앗이 싹 트고, 아름다운 꽃을 피우고 열매를 맺었습니다. 조선교회는 마치 고린토 성서의 말씀과 똑같이 되었습니다.

「우리는 온갖 환난에도 억눌리지 않았습니다. 어떤 난관에도 절망하지 않았고, 어떤 박해에도 버림받지 않았으며, 맞아 쓰러져도 멸망하지 않았습니다. 우리는 늘 주님의 죽음을 몸에 짊어지고 다닙니다. 우리에게서 예수의 모습을 드러내기 위해섭니다.」

김대건 신부는 1857년 9월 23일 교황 비오 9세에 의해 가경자의 칭호를 받았고, 1925년 7월 5일에 성인 위에 오르셨습니다. 로마교황청에서는 매년 7월 5일을 성 김대건 신부의 축일로 정하고, 그날이 되면 교우들은 김대건 신부님을 위한 기도와 묵상을 합니다.

　지금 그의 유해는 가톨릭대학 신학부 성당에 모셔져서 신학생들의 교부가 되고 있습니다. 로마 가톨릭교회가 순교자들의 피로 우뚝 선 것처럼, 조선교구 또한 신앙 선조들이 흘린 순교의 피로 대성당이 우뚝 섰습니다. 조선의 대원군 시대를 끝으로 이 땅에는 천주교 박해가 끝났고, 김대건 신부님이 조선 땅에서 새벽에 울리는 성당의 종소리를 듣고 싶어 하시던 그 열망은 끝내 이루었습니다. 그로부터 한 세기가 지난 1984년 한국에서는 천주교 창립 200주년을 맞아 서울 어의도광장에서 교황 요한 바오로 2세의 주재로 순교 성인 103위가 시성되었습니다. 그 가운데 최연소 성인은 13세의 유대철, 최고령 성녀는 79세 유 체칠리아, 그리고 허계임 마그달레나 집안에서는 5명의 최다가족 성인을 낸 기록을 남겼습니다. 한국 천주교는 매해 9월 20일을 순교 축일로 정하고 성조들의 뜨거운 하느님 사랑을 묵상하고 기립니다.

　1839년 기해박해 때 앵베르 주교가 교황청에 보고한 조선 교우의 수는 1만여 명이었지만, 1백 76년이라는 세월이 흐른 2015년 12월 31일 현재, 한국 천주교 주교회의에서 공식 발표한 한국의 천주교인은 총 5백 65만 5천 5백 4명으로 총인구 5천 2백 67만 명 대비 10.7%라는 성장의 열매를 이루었습니다. 그 당시 김대건 신부와 최양업 신부 단둘이었던 이 땅에는 한국인 사제가 4천 9백 9명, 외국인 사제가 1백82명, 전국에 본당은 1천 7백 6여 개가 들어섰고, 공소만도 7백 61여 곳에 이릅니다. 김대건 신부는 지금 천국에서 한국교회의 웅장한 모습을 자랑스럽게 내려다보고 웃고 계실 것이라 믿고 있습니다. 천주교인들의 씨를 말리려고 했던 수많은 조선시대의 천주교 박해자들의 잔혹한 행위들은 속절없이 역사의 뒤 안으로 사라졌고, 지금 한국 가톨릭교회는 우람한 거목으로 버티고 서있습니다. 이제 이 글을 마치려는 순간 제 머릿속에 문득 16세기 스페인의 성녀 대 데레사 수녀님의 말이 떠오릅니다. 『이 세상 모든 것은 다 지나간다. 하느님만 남는다.』

김대건 신부 연보

1821년   8월 21일 충청도 내포의 솔뫼마을(현재 충청남도
          당진시 우강면 송산리)에서 천주교인의 가문(부친
          김제준 이그나시오와 모친 고 울술라)에서 출생.

1827년   6세 소년 김재복(김대건의 소년 시절 이름), 골배
          마실(지금의 경기도 용인특례시 양지면 남곡리)에서
          조부 김진후(솔뫼 군수로 옥사 순교)로부터 한문
          수학.

1831년   교황 그레고리오 16세 조선을 천주교 독립교
          구 승인.

1832년   교황청, 조선교구 제1대 주교로 브뤼기에르(방
          콕의 부주교) 신부를 조선의 제1대 주교로 임명.
          브뤼기에르 신부는 6년 동안 조선 입국을 못
          한 채, 지병으로 선종.

1836년   1월 12일 프랑스 모방 신부, 조선에 입국
          소년 김재복의 부친 김제준과 공이마을 공소에
          서 첫 대면

여름 모방 신부로부터 본명 안드레아로 세례를
받고, 신학생으로 선발되어 상경.

7월 11일 한양에서 예비 신학생 후보로 수학 중
이던 소년 최양업(도마)과 최방제(프란체스코)와
합류.

1837년 12월 제2대 조선 주교로 임명된 앵베르 신부
조선 입국에 성공.

그와 함께 최양업 최방제와 파리 외방 선교회
가 있는 마카오 신학교를 향해 한양을 떠나 국
경선을 넘다.

1837년 (16세) 6월 7일 조선 예비 신학생 3명, 중국 요동
반도를 거쳐 중국을 보도로 횡단, 6개월 만에
마카오(당시 포르투갈령) 도착. 파리 외방 선교회
칼레리 교장 신부의 제자가 되다.

8월 마카오에서 내란이 발생, 선교회 전부가
마닐라로 피신, 가을에 마카오로 복귀

11월 27일 최방제 프란치스코의 열병이 악화하
여 사망.

1838년 (18세) 4월 마카오에서 내란이 재발, 최양업과
함께 마닐라의 도미니코회가 운영하는 볼롬베

이 농장에 피신.

11월 마닐라로 복귀.

1842년 (21세) 영국과 청나라의 아편전쟁 중, 리바 신부
의 추천으로 전함 에리곤호의 함장 세실 제독
의 통역관으로 활약.

에리곤호 영국의 해군작전에 합류, 중국 난징
까지 진입

8월 영국과 청나라의 난징조약을 참관.

10월 23일 세실 함장이 계획된 조선행을 포기
하자, 곧바로 하선, 최양업, 매스트로, 브뤼니
에르 신부 일행과 함께 중국 배로 요동 반도로
이동.

12월 20일 두 신부와 함께 조선 입국을 결심했
지만, 페롤 주교의 만류로 포기.

12월 23일 중국인 교우 2명과 먼저 조선 입국
을 강행하던 중, 국경 근처에서 겨울 동지사를
만나 옛 동지 김프란치스코로부터 조선의 천주
교인 대학살 소식(앵베르 주교, 스승 모방, 샤스탕
신부와 부친 김제준, 최양업의 부친 최경환의 순교)
을 듣고 조선 입국계획을 변경.

1843년	12월 31일(22세) 만주 교구의 베롤 주교, 조선의 제2대 앵베르 주교의 조선 현지 순교를 확인 후, 만주 양관에서 페레로 신부를 제3대 조선 주교로 임명하는 서품식을 거행.
1844년	1월 초(23세) 페레올 주교의 조선 입국이 의주 국경에서 단속이 심하자, 입국 경로를 두만강 훈춘 국경선 쪽으로 바꾸려고 했으나 그 지역은 청나라군과 조선군의 강경 대치로 조선 입국을 포기
	페레올 신부가 조선 주교의 특권으로 김대건, 최양업에게 부제 서품을 주다.
1845년	3월(24세) 페레올 주교로부터 황해횡단의 임무를 맡고, 현석문, 이재선과 함께 말을 타고 한양에 도착
	한양 석정동(돌우물골)에 정착, 3개월간 신학생 성소자들에게 신학을 강의하고, 〈조선순교자들에 관한 보고서〉를 작성하는 한편, 도처에 수소문하여 146냥짜리 튼실한 배 한 척을 구입. 11명의 선원 지망생을 모집.
	4월 30일 조선 제물포항을 떠난 28일 만에 극

적으로 오송항구에 입항

8월 17일 상해 금가항 경당에서 페레올 주교로
부터 사제서품을 받음

8월 24일 예수회 소속 만당 소신학교 강당에서
첫 미사 봉헌.

8월 31일 선장 김대건 안드레아의 라파엘호는
페레올 주교와 다블뤼 신부를 비롯한 11명의
선원을 태우고 상해 출발.

9월 28일 제주도 용수리 해안에 표착. 첫 미사
를 올림.

1845년 11월~ 1846년 4월 6개월간 공소를 중심으로 교
우촌을 순방하며 사목활동.

1846년   4월 13일 은이 마을 공소에서 마지막 미사.

5월 14일 중국에서 발이 묶여 조선에 입국하지
못하고 있는 매스트르 신부와 최양업 부제를
귀국시키기 위해 한양 마포 나루터를 출발, 연
평도 등산 포구에 도착. 불법 입국자를 색출하
는 수군 첨사에 체포되다,

해주 감사 김정집은 그 사건을 조정에 긴급
보고.

7월 해주 감영에서 한양으로 이송.

9월 대궐의 어전회의에서 김대건 신부 사형선
고를 받음.

9월 16일 한강 변 새남터에서 순교.

10월 1일 경기도 안성의 미리내에 안장.

1957년 9월 23일 교황 비오 9세 가경자로 선포.

1925년 7월 5일 로마교황청 7월 5일에 복자품에 올리
고, 매년 7월 5일을 성 김대건 신부의 축일로
선포.

1960년 7월 5일 서울 용산 성직자 묘지에서 서울 혜화
동 가톨릭대학교 신학대학 성당에 모셔 신학생
들의 주보 성인으로 삼다.

1984년 5월 6일 서울 여의도광장에서 요한 바오로 2세
가 집전한 미사에서 김대건 신부를 성인 시성.

김대건을 전후한 한국사 연표

1800년   정조 죽음. 순조 즉위.

1801년   정약용 등을 귀양 보냄. 황사영, 붙잡혀 죽음.

1805년   안동 김씨의 세도 정치 시작.

1809년   대흉년.

1811년   홍경래의 난(평안도 농민전쟁) 일어남.

1812년   홍경래 전사.

1818년   정약용, 정배에서 풀려남. 『목민심서』 저술.

1821년   김대건, 충청남도 당진에서 출생.

1834년   순조 죽음. 헌종 즉위.

1836년   모방(Pierre P. Maubant) 신부, 의주를 거쳐 한
          성으로 들어옴.

1846년   김대건 신부, 서울 새남터에서 처형됨.

1849년   헌종 죽음. 철종 즉위.

1855년   지석영, 우두 종두법을 전래.

1856년   김정희 죽음.

1860년   최제우, 동학 창시.

1861년	김정호, '대동여지도' 만듦.
1862년	진주 민란 일어남, 임술 민란 시작됨.
1863년	동학 교주 최제우 체포됨. 고종 즉위. 흥선 대원군 이하응 정권을 장악함.
1864년	동학 교주 최제우, 대구에서 사형당함.
1865년	비변사 폐지. 경복궁 중건. 3군부 설치.
1866년	천주교 탄압. 제너럴셔먼호 사건(병인양요).

참고문헌

샤를르 달레 저, 『한국천주교회사』, 한국교회사연구소

유홍렬 저, 『증보 한국천주교회사』, 가톨릭출판사

『성경』, 한국천주교 주교회의

성베네딕도수도원 역, 『구세사』, 분도출판사

이상옥 저, 『한국의 역사』, 교문사

한국민족문화대백과사전편찬부 편, 『한국민족문화대백과사전』, 한국
　　정신문화연구원,

김병곤 저, 『이조당쟁사화』, 삼중당

한국교회사연구소 편, 『한국교회사 논문집 1,2,3』, 한국교회사연구소

최석우 저, 『한국교회사의 탐구1,2』, 한국교회사연구소

최석우·임충신 역주, 『한국교회사연구총서 제2집』.

한국교회사연구소 편, 『한국가톨릭대사전』, 한국교회사연구소

원형근 저, 『성인 김대건』, 들풀마당

엔도 슈사쿠 저·김윤성 옮김, 『침묵』, 성바오로출판사

사와 마사히코 저, 『일본 기독교회사』, 현대신서

폴글린 저 · 김승희 옮김, 『나가사키의 노래』, 바오로딸

이충우 저, 『다시 찾는 한국의 성지』, 분도출판사

이충우 저, 『천주학이 무어길래』, 가톨릭출판사

한국교회사연구소 편, 『순교자와 증거자들』, 한국교회사연구소

　　　　　　　　　　『순교자 성월, 은이(골배마실)성지』, 요한사

하성래 저, 『순교자 윤유일 정은 평전』, 성 황석두 루가서원

에른스트 오페르트 저 · 한우근 옮김, 『조선기행』, 일조각

기본스 추기경 저, 『사제의 길』, 가톨릭출판사

송봉호 저, 『미움이 그친 바로 그 순간』, 바오로딸

박도식 저, 『무엇하는 사람들인가』, 가톨릭출판사

이벽 저, 『성교 요지(聖敎要旨)』, 성 황석두 루가서원

김정진 편역, 『가톨릭 성인전 1,2』, 가톨릭출판사